演說比賽得獎不難

——技巧・案例與指導

馬行誼——著

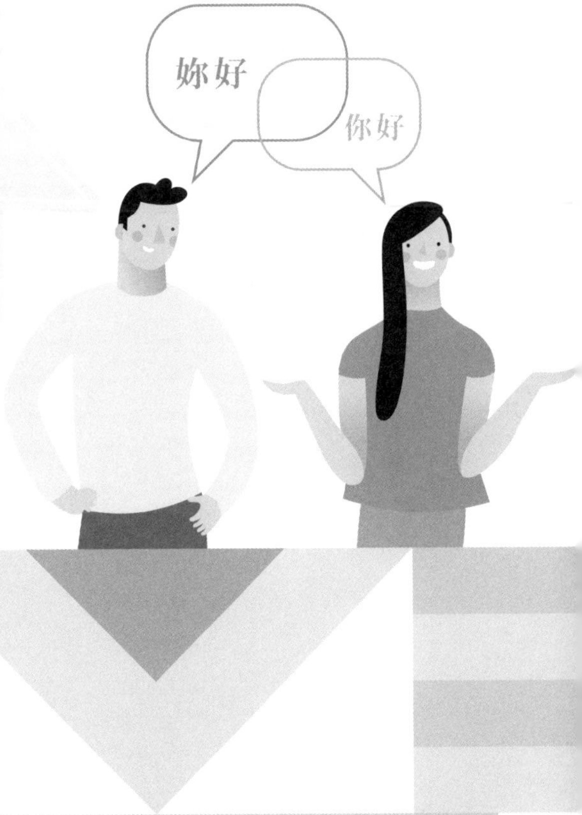

五南圖書出版公司 印行

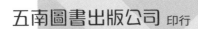

自序

人生總是有許多意外，意外會帶來什麼後果，我當下完全沒空去想，只知道該好好去面對、去解決，甚至希望從中得到點什麼。如果這個意外是與自己的專業有關，那就更沒話說了，二〇〇〇年，我初任教職不久，便被派去指導國語演說的選手，就是個大大的意外。

如今年屆半百，回頭想想我的人生好像不少這樣的意外，很慶幸的，大部分的意外如帶領社團、行政工作、編教科書、成立學會、升等教授、到對岸講學、擔任閱卷委員、撰寫新書等，都蠻順利的，我從中學到很多。

或許和我堅持的信念有關，「活著，就是要讓自己變得更好。」這句看似酸腐的口號的確支撐了我大半的人生，我也常和子侄、學生們分享，至於他們聽不聽得進去，就不是我能控制的了。

人真的需要信念，否則不知為誰而戰、為何而戰。剛剛接手演說指導工作的我一無所知，從未接觸過相關領域，甚至不太關心演說比賽，但，不管自願或被迫，我還是願意全力以赴，不為別的，只是覺得應該去做，身為語文教育的研究者，怎麼能不親臨現場實踐，卻只想在象牙塔裡養尊處優呢？

因此，我在擔任五年的指導工作後，還有近十五年出題、審題、評判和訓練等的體驗，漫漫歲月中，即使在系上從未上過類似的課程，也不曾因而聞名，卻依然興致高昂，希望對選手有所幫助。我想，如果沒有信念支持，或許我會選擇更輕鬆的任務吧！

其實我並不孤單，因為像我這樣的，甚至比我付出更多的老師太多了，他們在國小、國中和高中的各個階段，積極勇敢地承擔教練的重任，令人十分敬佩。

平心而論，雖然語文競賽各項目的教練都很辛苦，但就我所知，即席演說的教練所耗費的時間、精力最多，以及與選手陪伴、交流最頻繁，所以眼見許多老師從紅顏到白頭，總是勤勤勉勉、孜孜矻矻，讓我感佩不已，這才是真正的教育家啊！

這些辛苦的演說教練們都有自己的好幾把刷子，以往在指導縣市的選手，或是賽後的講評中，常常令我驚豔，原來有這麼多指導的訣竅，我也從中汲取大量養分，做為日後指導選手的借鏡。

事實上，從我接手系上的演說指導工作後，就得到不少前輩老師的協助，我一直銘感於心，其後輾轉於各縣市之間，往往發現高手就在身邊，各校臥虎藏龍，所以每次全國賽總是競爭激烈，精銳選手盡出，即席演說的教育工作方可持久不輟。

然而，我也要為這些優秀的教練們叫屈，如果沒有語文競賽，他們要怎麼找到舞臺呢？國內的語文教育是應試取向的，所以和考試直接相關的閱讀、寫作非常熱門，先別說學校課程的偏重，坊間相關讀物汗牛充棟，補習班也以此為號召，原因很簡單，就是能讓學生得高分。我不是貶低閱讀、寫作的重要性，但輕忽了聆聽和說話的能力，孩子們離開校園後，不會出現問題嗎？

當然會！據相關研究顯示，人們每天花50％的時間以聆聽接收訊息，又花30％左右的時間進行口頭的溝通，閱讀和寫作加起來，還不到20％，可見聆聽和說話的實用性。

現在的教育方式能不能培養出讀寫高手，姑且不論，可以確定的是必然無法讓學生們在走出校園後的大千世界裡，自在流暢地與他人口頭交流。試想，難道學生花那麼多時間在課堂受教，老師們勤勉不倦的諄諄教誨，要的竟是這樣的結果嗎？當然不是！我認為，聽說教育應該被重視，而演說的訓練便是其中重要的一環。

正如我先前所說，即席演說的教練們各有擅場，能夠讓我學習的地方很多，所以我願意拋磚引玉，放下學術的包袱，專抒指導的甘苦、心得，期盼引來更多同道的批評指教，讓這塊已是花團錦簇的園地更加欣欣向榮。

我也想以此書感謝一直以來提攜我的前輩老師們，還有我曾帶過、指導過的選手們，有你們真好！最後，特別感謝五南圖書公司願意出版這本書，您們長期對語文教育的貢獻，功德無量。

馬行誼 謹誌

二〇一九年九月

目錄

第1章

做好訓練前的準備吧！

1.挑個好選手非常重要

「得天下英才而教育之」絕對是每位老師的期待，身負比賽成敗重責大任的教練，恐怕更是期待有好選手吧！但憑良心說，英才可遇不可求，一般情況下，老師總不能挑好學生才願意教。那麼，演說的教練能不能挑選手呢？就得看狀況了吧！

常態下，各級學校應該都有校內的語文競賽，獲勝的前幾名，就能夠去參加縣市初賽，一切順利下，便可挺進區賽或決賽，最後拿到全國賽的門票。我們國立臺中教育大學也有校內賽，但選出來的選手直接就參加全國賽了，沒有經歷過初賽、決賽的洗禮，再加上每次參賽的人不超過十位，所以只能從這幾位選手裡面挑了。

還好我是幸運的，雖然沒什麼選擇的空間，至少在我帶的那五年間，十位選手都是優秀的，所以我相對地比較輕鬆，也有機會和他們一起成長。

相形之下，我想各縣市的選手應該更是人中龍鳳、一時之選了吧！但這一層層的淘汰卻不是教練本人，而是評判老師的決定，教練有挑自己選手的權利嗎？我想每個人的狀況不太一樣，或許有些教練不方便說出口，答案卻不言可喻，所以我就試著聊聊這個問題，提供給大家參考一下。

我想大部分人挑國語演說選手時，都會關注選手的外貌和聲音吧！我必須承認，作為「武場」的國語演說，能夠馬上讓人眼睛一亮的就是外貌和聲音，所以這種想法沒錯，如果我還不了解選手的情況，當然會先從外貌和聲音判斷他的適合程度。

但那是從評判的角度來說，而且是考慮第一眼的印象而定的。可是，一位選手好不好訓練，最終能否從賽場三十幾位選手中脫穎而出，光靠外貌和聲音是不夠的。更何況如果各縣市都派出外貌和聲音突出的選手，大家都一樣，這樣的優勢還存在嗎？演說比賽可不是選美比賽啊！

如果外貌不是太差、不是破鑼嗓子的話，其實挑選選手還有其他的參考指標，或許，這些對教練的訓練而言，比外貌和聲音更重要。

首先，我最想訓練企圖心強，而且樂於受教的選手。老師很怕遇到不願意學習的學生，即使傾注再多的心力，也如竹籃打水一場空，訓練演說選手更是如此，這種選手往往把外務看得比訓練更重要，不然就是找一堆理由跟不上教練的要求，讓人心很累。

相對而言，有些企圖心強的選手，卻不受教，或是堅持自己以前的訓練方法，或是自己找些旁門左道的怪招，自作聰明，不管是對教練質疑或是另有想法，這種選手都是讓教練非常頭痛的。

試想，如果遇到外貌和聲音很棒，卻企圖心不強，又不願意受教的選手，身為教練的您，能高興得起來嗎？憑良心說，越到決賽和全國賽階段，企圖心不強的選手比較少見，驕傲自衿、不願意受教的或意見很多的選手卻很常見，讓教練非常傷腦筋。

其次，相較於外貌和聲音，我更喜歡願意積極思考、求新求變的選手。可能我們傳統的教育偏權威、多重給予式的教學，所以學生們總是習慣等待老師給的標準答案，不願意思考，或者更擔心自己的想法成為笑柄或觸怒老師，這在國語演說訓練時絕對是硬傷。

我們不知道將來會抽到什麼題目，而且臨場只有三十分鐘可以準備，敏銳的思考和積極的反應是取勝關鍵。當然，我們可以在訓練的過程中持續加強，但遇到的如果是個乖乖牌，每次只想等教練給答案，這樣的選手很難練出成果，不僅比賽時沒有優勢，教練也會很辛苦的。

再者，我希望選擇一位自律性較強的選手。現今社會的誘惑極多，年輕學子很難自律，往往一開始積極參與，卻無法持久。但可能也有例外，有些選手的確比較能分辨主從的不同，知道自己應該投入夠多的是什麼，教練如果遇到這樣的選手，一定感覺很幸福。

在我接觸到的選手中，很遺憾的，聰明、反應快的選手往往坐不住，興趣很多，自律程度偏低，常常認爲自己聰明就不願意苦練，更別說規律地實踐訓練計畫，逐步充實自己的學能，這讓教練非常擔心。

所幸，各縣市在賽前大都會集中選手開展密集的訓練，一方面聘請專家前來指導，一方面又持續安排訓練計畫，所以比較沒這方面的問題。可是，高中組以上的選手常常請假或遲到，負責國語演說的老師無法照顧到每一位選手，也是十分無奈的情況。

2.好好了解您的選手

您了解您的選手嗎？如果不了解，您要怎麼訓練他呢？

國語演說選手通常有兩個來源：一個是他人推薦的或自己相中的；一個是從大小比賽中篩選出來的。

無論如何，他們都是被挑出來的，應該很不錯吧！更別說那些經歷過一次次大型比賽洗禮的優秀選手。

但，知道他們是優秀的，這樣就夠了嗎？

不夠！絕對不夠！因爲我們要訓練的是從頭到腳、由內而外都得有好表現的演說選手，所以我們需要更多的訊息。

換句話說，爲了讓他們在講臺上信心十足、神采飛揚，開口還能悅耳動聽、抑揚頓挫，內容更能振聾發聵、感人肺腑，我們需要更了解他們。

但，了解什麼呢？

我們要了解他們的外貌、身形、儀態和動作習慣，我們還要了解他們的音質、語速、聲調、表達特色，以及口頭禪、慣用詞語等，更別說學識、性格、成長背景、生活經歷、學業表現、工作型態、思考模式、比賽經驗、成就動機和挫折忍受力等等。

演說教練需要了解這麼多嗎？沒錯！每位選手都是一個個獨特的生命體，別無分號的玉璞，了解他們越多，您就越能爲他們打造最適合的訓練計畫，一步步的把他們送進光榮的獲勝行列之中。

簡單的說，我們要成爲發現美玉的卞和，儘管眼前還只是一方玉璞，我們也能看出它的無上價值。

每位選手都是不同類型的璧玉，他們缺的只是了解自己的卞和，但是，如果發現他們被打造成同一個樣子，缺乏自己的個性與特性，實在令人遺憾。原因無他，任何選手能獲選都是因爲他的與衆不同，那麼，爲什麼我們卻努力地把他們訓練的和其他人一樣呢？

一位好的演說教練，應該了解選手的「亮點」、「賣點」和「弱點」。

「亮點」可以讓選手從衆多競爭者中脫穎而出，收穫聽衆的目光和關注；「賣點」則能贏得聽衆的認同和信服，爲自己的演說大大加分；「弱點」不僅是選手必須要努力克服，教練甚至可以刻意包裝，成爲另一種「賣點」。

我以前帶過一位選手，天生一對桃花眼，人見人愛、花見花開，如果比賽時穿上不合身的大學服，形象上勢必大大扣分。所以我讓他自己選擇服裝，一上臺，馬上吸引大家的眼球，這就是「亮點」。

人不可能是完美的！這位大四的美女選手卻有雙蘿蔔腿，因爲小時候練過田徑，小腿還蠻粗壯的。所以，我和幾位女老師商量後，建議他穿長裙，而且偏深色系的最好，這就是對「弱點」的處理。

我以這位選手的外型當例子，說說「亮點」和「弱點」是什麼。事實上，包括儀態、聲調和內容等，各有「亮點」、「賣點」和「弱點」，而且有相應的訓練之道，本書將一一說明。

當您越了解選手，您將越清楚他的「亮點」在哪裡，「賣點」怎麼突顯，同時也就知道如何避免暴露他的「弱點」。如果您了解他的外貌，您可以幫他突顯最吸引人的部份；如果您了解他的音質，您可以幫他展現聲音的獨特魅力；如果您了解他的生活歷練、特殊想法，您可以幫他錘鍊成豐富感人的內容……。

天底下沒有毫無優點的選手，怕的卻是無法察覺他們各自優點的教練。

如果演說教練只是矇著頭苦練，或是想帶出一個模子的選手，都是不聰明的作法，因爲實力懸殊很小的大型比賽裡，選手們的分數通常十分接近，勝出者卻無一例外的是以特色脫穎而出的。

聰明的教練們，建議您開始做一切訓練準備前，請先了解您的選手吧！

3. 與選手溝通訓練的目的

「和自己的選手溝通訓練的目的？沒必要吧！照著做就是了，溝通什麼！」

「他們只是群孩子，沒必要講這麼多吧！講了也是白講，還溝通咧！」

「要我和選手溝通？那不就等於和他們商量怎麼訓練他們？怎麼可能！」

「……」

一提到要和選手溝通，大部分的教練都不太樂意，因爲他們感覺應該和選手保持某種距離，否則一位失去權威感的教練，哪能要求選手安心受訓？！

其實大家都誤會了，溝通不是商量，也不是沒有距離，更不是要放棄教練的權威感，就只是溝通而已，原來您擔心的後遺症並不會出現，而且還容易出現意外的驚喜。

當然，不同組別的選手溝通的方式不一樣。我們總不會與教師組和社會組的選手光談理想，絲毫不講利多之處；也不必和國小、國中組的說太多未來的好處，卻把理想面置之不理。

面對不同性格的選手，教練也得採不同的溝通方式。過於低調保守，甚至有點害羞的選手，溝通能讓他更具信心，知道為何而戰；活潑進取的選手，溝通則能讓他知道人外有人，應該把注意力更集中在提升自我之上。

訓練前的溝通對初次上陣或久經沙場的選手，也有不同的意義。

對初次上陣的選手而言，來自教練的溝通讓他覺得自己並不孤單，而且對即將到來的比賽深具信心；久經沙場又曾經得名的選手可能驕傲自信，沒得名的則可能有信心危機，一經善意的溝通，將會更收斂且安心的投入訓練之中，這對教練和選手來說都是雙贏的結果。

問題是，教練和選手之間該溝通些什麼？

訓練的目的？不就是比賽得名，還有別的嗎？

筆者認爲，「溝通」是爲了「了解」。了解什麼呢？就是教練在「訓練目的」背後的一些「觀察」、「構想」和「期待」，這些都是要讓選手了解的。當然，選手也可以藉機說說自己的。

「觀察」是指教練觀察選手的「亮點」、「賣點」、「弱點」，還有最近國語演說比賽的趨勢、計分方式和相關的規定，以及訓練時容易忽略的部分……，這些都是選手應該先行了解的訊息。

「構想」則是教練透過上述的觀察後，所擬出的一整套訓練計畫，包括正規的和特殊的環節。正規的不在話下，特殊的則像「講題」、「論題」和「說題」等的處理外，還有刻意安排的突發狀況等等。

不難想像，選手越清楚訓練計畫的細節，就越能體會教練的用心，自然投入訓練的意願也就更高了。

教練的「期待」更重要了，一旦溝通了前兩項，選手會更欽佩教練的高明之處，這個時候，如果教練展現對比賽的高度信心，選手便很容易被感染了。

我曾經告訴我的選手：「我們做的一切都是爲了贏，沒有別的，我們要給其他選手示範一位贏家的風範！」

您可能會覺得這麼講太狂妄。沒關係的，選手不會因爲聽了這些話才開始狂妄，相反的，心情卻比較能放鬆，而且至少對教練、對比賽會多點信心。

那時，我眞的對選手和比賽結果信心十足嗎？憑良心講，眞的沒有！既然如此，我爲什麼還要虛張聲勢呢？因爲很有必要！

在訓練前這麼做，讓選手對教練有信心；比賽前這麼做，讓選手對自己有信心；比賽後這麼做，讓儲備選手對未來有信心。

以不囂張爲原則、以不對外招搖爲原則，不妨讓選手因爲有趣而放鬆緊張感，對團隊更有向心力，這樣就夠了！

爲什麼我有上述的做法呢？因爲我帶的是教育大學學生組，經過我的觀察，我的那些選手都很優秀，卻大部分沒有自信，儘管他們還需要接受很多訓練才能獲獎，我仍然需要不斷地爲他們打氣，讓他們相信自己是很棒的。

還好，大學生的認知思辨能力已經不錯，除了平時練習之外，共同討論比賽影片和投入競賽時，我會把以往的口號化爲實際的評論，告訴他們自己的優勢何在，隨後的改進建議也就更容易被他們接受了。

我一直認爲參加即席演說競賽一定要有自信，那是裝不出來的，除了來自教練的肯定，就只有在紮實的訓練和審愼的評估下，才能逐漸夯實的。

相信我，時時營造高自信的訓練氛圍，絕對比一味的苦練更重要！

4. 別被「評判標準」騙了

考試看配分、比賽看規則、表演看走位……。這是我們做好相關準備的必要前提，也是想得到好成績的關鍵，優秀的教練會把這些融入訓練的細節，希望選手一步步地掌握好它們。

「你是說國語演說的評判標準錯了？」當然不是，評判們的確是按照這些項目和內容給分，我想要說的是「評判標準」中各項目的比重。

國語演說的「競賽評判標準」是：

1. 語音（發音、語調、語氣）：占40%。

2. 內容（見解、結構、詞彙）：占50%。

3. 臺風（儀容、態度、表情）：占10%。

我們先從10%的「臺風」說起。一看到只佔10%，許多人直覺地認爲「臺風」並不重要，可以隨便對待，甚至產生像參加大考時哪科不行就放棄（我是數學，您呢？），再用別科來補分的僥倖心理。

如果您有這種心態，那可是個大危機，先別說「臺風」的失分，「語音」和「內容」兩項絕對補不回來，嚴重的話，將連帶著影響「語音」和「內容」的得分，也是很有可能的事。

或許大家覺得奇怪，既然依項目給分，「臺風」不好好準備而失分，可以理解，爲什麼連帶著影響「語音」和「內容」的得分呢？原因很簡單，國語演說是綜合的表現，所謂的「臺風」貫串全場，它和「語音」、「內容」結合在一起，不是各自獨立表現的。「臺風」不好，「語音」、「內容」豈能不受影響？！

熟悉語文競賽的夥伴們將演說、朗讀的項目稱爲「武場」，這是相對於作文、書法、字音字形等的「文場」，所做的大致區分。

國語演說是「武場」之最，因爲這個項目是即席演說，選手抽題後必須在限定的時間內準備完畢（三十分鐘），然後在講臺上面對面的，向評判老師們展現自己的實力。

相對來說，臺下的評判們也得在規定時間內，迅速地根據每位選手的綜合表現給分，決定他們的勝負名次。選手無法重講一遍，評判更不可能再聽一次，而「武場」競賽最驚心動魄、精彩刺激之處，莫過於此。

正因爲「武場」的即時、不可逆特性，使得「臺風」變得特別重要，所以我認爲，它的重要性絕對不僅止於10％。

首先，一位選手拿到題目準備三十分鐘後，從被叫號到開口前，雖然沒有開始計時，您以爲評判的眼睛就閒著嗎？當然沒有，這時，所謂的「先入爲主」效應已經開始發酵了。

「先入爲主」是指什麼？如果「臺風」好，「語音」和「內容」也好，那就是好上加好；「臺風」好，「語音」和「內容」即使差一點，至少扣分不會太多。但是，一旦「臺風」不好，無論「語音」和「內容」表現如何，整體的分數都會受影響。

人畢竟是主觀且直覺的動物，再加上語文的感性成分本來就很強，說服力強弱往往取決於此，所以即使經驗豐富的評判都很難避免，有的甚至會更重視「臺風」的部分呢！

仔細想想，有時我們試著回憶以往的某個場景，常常忘了很多細節，對該場景中的人說過什麼早已忘記，卻能不斷浮現當時他的音容笑貌，沒錯！那就是「臺風」。

「臺風」的感染力不只在當時舉足輕重，甚至會跨越時空，深植於每個人的心田裡，您說我們還能把它當作佔10%的訓練項目嗎？

接下來再聊聊佔40%的「語音」部分。不可諱言的，以前有很長的一段時間裡，「演說」被視爲一種「不看稿的朗讀」，演說的內容反而不是重點，評判對選手的「語音」卻是錙銖必較。

所以，以往在「演說」的賽場裡，總是有非常濃厚的「朗讀」氛圍。

還好，近年來這種現象已經轉變，演說「內容」還是重於一切，儘管仍有若干評判的「朗讀情節」還是拋不開，但現況已經好很多了。

我想強調的是，國語演說中其實「語音」的部分不應佔40%，原因有兩個：一是「語音」跟著「內容」走，沒有獨立強化的必要；二是把「語音」佔到40%（以往是45%），很容易引發過度的語音表現，造成「聲溢於情」的誇張虛矯行爲。

競賽場上許多選手出口時淒厲激昂、聲淚俱下的誇張行徑，令人毛骨悚然，都是這種態度和觀念下的產物，我認爲完全沒有必要。

然而，以內容爲基石的字正腔圓、抑揚頓挫是必須的，聲調方面的圓潤飽滿，也是演說中「演」的精采部分，不容輕忽，我只是不認同誇張刻意的「語音」表現而已。

至於「內容」的部分，沒說的！它的比重應該更高（以往曾經是45％），甚至到60％也無妨，因爲它絕對是演說成敗的關鍵，無可取代，這已經是近年來評判老師們的共識了。

5. 體貼你的聽眾——再來聊聊「評判標準」

我常常告訴我的選手，或是有機會和各縣市的選手們分享時，總是不斷強調一個觀念——「體貼你的聽眾」。

有人主張「演說」和「作文」是一回事：「演說」是口頭的「作文」，「作文」則是筆下的「演說」。我很難苟同這樣的說法，儘管「演說」的許多成分和「作文」一樣，共同分享某些語言表達的通則，卻很難混爲一談。

我認爲，兩者主要的區別就在於受衆接收訊息的方式上，「演說」的評判靠聆聽接收講者的訊息，「作文」的評審則是以閱讀掌握作者的意旨。

就這樣，即使「演說」和「作文」共用同一套語言表達的規則，表達者（講者或作者）體貼接收者（聽者或讀者）的方法卻絕不相同。

因此，選手在演說時，當然需要學著體貼聽眾，而眞心且溫馨的「體貼」，卻得從設身處地的了解「聆聽」的特性開始，這和「作文」時所需的「讀者意識」，完全是兩回事。

什麼是「聆聽」的特性呢？我簡單地歸納爲三點：迅速、生動、不可逆。從聆聽者的角度來說，就是「呈現訊息的時間很短」、「訊息的內容很豐富」（至少有視覺和聽覺兩種），還有「不可能重頭再聽一次」。

「閱讀」就不是了，一篇文章擺在那裡，沒有呈現時間長短的問題，文章是以文字表達，比較單純，如果看一遍不夠，多讀幾遍也無妨。

了解了「聆聽」的特性後，我們就知道怎麼體貼聽眾（評判）。當然，光在聽覺上的體貼不代表一定能獲獎，還需要加上其他努力，但是如果連聽覺都不願意體貼評判，恐怕獲獎的美好畫面只能在夢中出現了。

再回到國語演說的「競賽評判標準」，我們試著從各項目的內容中，思考一下可以體貼評判的幾個具體方向。

國語演說的「競賽評判標準」分別是：

1.語音（發音、語調、語氣）：占40％。

2.內容（見解、結構、詞彙）：占50％。

3.臺風（儀容、態度、表情）：占10％。

爲了讓評判能很快地掌握口語訊息，在「語音」方面，選手說話時的字正腔圓是基本要求，否則評判聽不懂或還得猜字義，那就糟糕了。

「抑揚頓挫」非常重要，它會協助評判抓到內容的重點，尤其適時的「停頓」更是貼心，它能讓評判有時間消化內容。

如果選手善用語調和語氣的變化，將輕而易舉地把評判帶入自己創造的祕密花園裡，唯有如此，評判才能眞正融入演說的情境之中。

「內容」方面更是如此，如果選手可以將內容變得更結構化，尤其是某種循環重複的表現模式，將使評判更輕易掌握內容的鋪陳邏輯。自古以來，民歌總是用循環往復的形式，訴說著各種動人的內容，原因無他，正是千古以來體貼人們聆聽習慣的做法，並無二致。

國語演說時，選手應該儘量使用口語，少用書面語，尤其最忌濫用文言詞句，甚至某些不常聽過的古代名言佳句，也是能避免就避免。

我的理由很簡單，就是爲了降低評判聆聽時的負擔，能降低負擔，本身就是一種貼心的作法，從積極面來說，評判將更容易掌握演講的內容。畢竟，和讀文章不一樣，評判不可能再聽一次，所以這樣的體貼是很有必要的。

至於「臺風」中的「儀容」、「態度」和「表情」三項，更是聆聽時豐富多元訊息的主要來源，評判除了透過「語音」接收訊息，視覺的輔助和強調，也是深化和品味訊息的重要依據，這是「閱讀」時無法眞切感知的部分。

我想強調的是，這份「體貼」絕對不是「諂媚巴結」或「虛僞做作」，而是演說選手應該負起的責任。或許可以這麼說，當我們決定用口語來表達思想情感時，爲了讓對方更好的接收這些訊息，就必須承擔起「體貼聽衆」的責任了。演說的場合更是如此，爲了展現最好的自己，沒有「體貼」評判的聽覺，憑什麼獲得他們的青睞呢？

有了這樣的基本認識，往後任何的演說訓練準備，都得在這個大原則下進行，充分考慮所有的細節，這樣就不會在選手和評判間造成鴻溝，獲獎的希望自然大大提升。

6.擬好定期的訓練計劃

身爲演說教練，如果要讓您的選手順利奪魁，一份量身打造的專屬訓練計劃是必須的。如果您指導的是兩位選手，那就得有兩份訓練計畫。

爲什麼要兩份計畫呢？何必這麼麻煩！

相信我，這不像是買支棒棒糖，一人舔一口，反正嘗到甜味就行。

沒有專屬的訓練計畫，就算是很優秀的選手，缺乏自己的準備步調，臨場將無法正常表現，更別說有令人驚喜的發揮了。相反的，即使是初次參賽，有了專屬的訓練計劃，絕對可以期待他精彩的表現。

我們特別強調「專屬」，是因爲每位選手都是獨立的個體。由於外型和聲調，性格、生活經驗、學業表現、工作型態、思考模式、比賽經驗、成就動機和挫折忍受力等都不同，所以訓練的計畫根本不可能通用。

在一開始了解您的選手後，就得著手爲他們打造專屬的訓練計劃。

但是，您擬定訓練計畫時，卻得有一些共通性的考慮，比如「訓練期程」、「練習節奏」、「時間長短」、「場合適應」、「練題方式」等。

「訓練期程」是指確定參賽到登臺比賽的時間，教練需要知道自己的訓練時間有多長，選手也該知道自己還有多少練習時間。

知道訓練的總時間之後，教練根據目前時間可分成三個期程，我的建議是「暖身期」、「提升期」和「累積期」。顧名思義，「暖身期」就是選手回憶以往的得失、與教練形成訓練的共識和喚醒選手的潛能；「提升期」則是廣泛練習各種題型、矯正選手演說的缺失和刺激選手多元的思維；「累積期」便是在前兩期的基礎上，不斷挑戰新的演說題目、增加臨場或應變的經驗，以及養成平時就有臨題運思的習慣。

「練習節奏」是指每周練習的次數。通常越接近比賽，練習的節奏越快，但其中也是有講究的。由於選手的性格不同，對比賽的成就動機也有差異，如果只是採取單線的先慢後快的練習節奏，恐怕未必適合所有的選手。更何況越接近比賽，選手已經十分緊張，加快訓練節奏就能提升比賽的成績嗎？這種臨時抱佛腳的做法未必是有效的。

我的建議是快慢要交替進行，而且是彈性的，完全視選手的反應而定。一般而言，我會在一開始慢慢加快節奏，讓選手有參與感，然後放慢節奏，除了歇口氣外，還得讓選手時時回顧自己的練習得失，接著再加快節奏，此後不斷交替進行爲宜。

「時間長短」是指每次練習花費的時間。通常第一次較短，慢慢再拉長，這是通則，免得讓選手太緊張，卻仍然還有另外的考量。一般來說，我會讓選手先回去準備兩題，在訓練時間內說給我聽，然後我會與他對話、給他建議，並針對某些環節，要求他再講一次。這樣的操作通常會花一個多小時，如果有兩位選手相互觀摩，可能會花到兩個半小時左右。

當您決定練習時間前，可能還得考量選手正式上場的時間點。像我之前帶的教育大學學生組都是下午才上場，那是午餐結束後的休息時間，人們容易昏睡，吃太多後還得慷慨激昂，可能會造成胃下垂的症狀。所以，我就安排在中午練習，調整選手的生理時鐘，免得到時候不適應，表現的情況大打折扣。

「場合適應」是指練習場地偶而變換一下。一般相信選手上臺練習時，臺下人的越多越好，練的是膽量，當然也不只是如此而已。教練的訓練計劃中一定要注意練習的場地，原因無他，演說本來就是很情境化的比賽，選手對場地的熟悉程度，通常與表現的好壞成正比。

但是，我們不可能完全複製比賽場地，所以只能讓選手儘量在不同的場地下，依然有不打折扣的表現，這就是「場合適應」的重要性。此外，包括評判的負面反應、場地的突發狀況和人爲的干擾情況，都應該在訓練計畫中安排細節，以求發揮更大的效果。

「練題方式」是指除了儘量練習各種類型的題目外，「講題」、「論題」和「說題」一起來，目的是讓選手接觸更多的題目，而且活化他們的思考。「講題」是指選手根據他的理解，對教練或其他夥伴說出他對題目的詮釋；「論題」則是和教練或其他夥伴討論可以處理題目的各種角度；「說題」便是有了「講題」和「論題」的基礎，接下來要怎麼鋪陳自己的想法。

大家看到「練題方式」的敘述，可能覺得無非就是上臺講，然後教練指導而已。沒錯！但不是每次都這樣，可以靈活變換，尤其比賽時間接近，希望選手接觸和處理更多題目時，就不一定要上臺講了。

此外，設法養成選手「講題」、「論題」和「說題」的習慣，其實對抽題後有效地利用三十分鐘構思時間，幫助很大，所以訓練計畫中不妨將其納入，可能會有意料不到的驚喜。

7.分析和準備練習題目

許多人感嘆，即席演說根本沒有範圍，無從準備起，而且選手抽完題目，三十分鐘後就得立刻上臺，難度實在太高了。

但，即席演說的題目眞的沒有範圍嗎？不！各組的題目總有幾個大方向，我們可以從考古題中歸納出來，勤加練習；抽題三十分鐘後就上臺、難度很高？那得看教練是怎麼訓練而定，聰明的練法非常重要。

怎麼讓選手臨場時氣定神閒？很簡單，就是對題目很有把握。

選手憑什麼對題目很有把握？很簡單，就是教練做好題目的分析工作，而且讓選手充分練習，百變不離其中，選手自然能應付裕如。

沒錯！這是您作爲一位教練的責任，絕對不容推諉的重責大任。

怎麼分析考古題呢？我建議您把歷年考古題先做個分類，別客氣！就用您自己的方式，只要您的分類項目能囊括所有的題目就行。

我建議大家一個分析題目的觀念，以打籃球做比方，我們不能期待球球空心進籃，得抱著投「擦板球」的心態，只要擦邊的角度正確，一樣能得分。

回到分析題目上，「空心球」是指完全猜中題目和評判心理，這難度太高，幾乎不太可能成功；您見過籃框上的正方形嗎？只要角度正確，「擦板球」一樣能進入籃框得分，所以我們分析題目時，只要找出歷屆題目的大方向，再訓練選手如何在大方向中應變，就如同「擦板球」得分的原理。

舉個例子，您可以把國小組的題目分為「學校」、「家庭」和「理想」三類，然後再細分「學校」類為「學習體驗」和「人際關係」；「家庭」類為「生活體驗」和「與人互動」；「理想」類為「認識觀念」和「表達願望」。

接下來，您就可以依照分類，找尋考古題訓練您的選手。比如「學校」類的「學習體驗」有「我最欣賞的一篇課文」（一〇一）、「圖書館參觀記」（一〇二）、「不一樣的一堂課」（一〇三）……；

「人際關係」的話就有「最想和校長說的一句話」（一〇〇）、「友愛讓校園更美好」（一〇一）、「我從同學身上學到的事」（一〇三）……。

「家庭」類的「生活體驗」有「最害怕的一件事」（一〇〇）、「逛夜市的樂趣」（一〇一）、「幫忙做家事」（一〇三）……；「與人互動」的話就有「我的芳鄰」（一〇〇）、「我如何孝順父母」（一〇一）、「做個懂事伶俐的孩子」（一〇三）……。

如果是「理想」類的「認識觀念」，有「守信用的重要」（一〇一）、「一次互助合作的經驗」（一〇二）、「比讀書更重要的事」（一〇三）……；「表達願望」方面則有「假如我可以飛」（一〇一）、「如果時光可以倒流」（一〇〇）、「我有話要說」（一〇二）。

以上的分類方向，只是提供給大家一個參考，並不是非得這樣分析不可，分類的標準完全以教練對歷屆題目的理解而定。

當然，這只是概略性的分類，隨著題目的型態變化，選手可以有不同的講法，我們在後續的篇章中將會細談。

有了大致的分類方向後，除了分析考古題，您可以依照自己的分類標準，再設計新的練習題，然後均衡的分配在您的訓練計畫之中。

筆走至此，可能有人會問：「如果發現有些題目超出原分類的範疇怎麼辦？」很簡單，您可以把原先的擴充，增加新的小類別，如果還是不行，就增加另一個全新的大類也無妨。

正式訓練選手之前，分析和準備練習題目非常重要，身為教練的您，千萬不能輕忽這項工作。

我把這項工作比喻為食譜，它是任何一位烹飪師傅成為大廚過程中的考驗，有了食譜不一定能成為大廚，同一份食譜每位大廚的詮釋也不盡相同，但食譜卻是鍛鍊成大廚的訓練金鑰，不可或缺。

我相信，演說教練訓練選手前先掌握出題的方向，就像是幫未來的大廚找到鍛練的食譜，儘管後續的訓練過程還有很多事要做，有個大致的努力方向和標的，便容易按部就班了，所以是非常重要的工作。

8. 研究歷年比賽的影片

回想我近二十年前第一次接到演說指導的任務時，非常惶恐，因爲自己從未參加過比賽，也沒有相關的著述，甚至從未在意國語演說比賽是什麼。

突然接到系主任的指派，十分納悶，後來才知道是前一位指導老師有紅斑性狼瘡，不堪負荷繁重的指導工作，才輪到我去帶新一批的選手。

是的，沒錯！新一批的選手，前任指導老師沒有留下任何一位有經驗的選手，爲什麼？我沒問，問了也沒用。我只知道等著我的是菜鳥指導老師（我本人），再加上兩位未經戰陣的菜鳥選手。

「馬老師，我們系連續十年語文競賽總冠軍，國語演說一直都是名列前茅的，加油！」這是系主任對我的勉勵，聽完卻有一種腿軟的感覺。

這絕對是不能推諉的天職！在我冷靜一段時間後，做了兩個決定：一是查找歷年比賽的影音光碟（或影帶），二是去請教創造名列前茅佳績的老師們。而且，先一後二，我得透過反覆觀看比賽的影音光碟，慢慢地惡補自己的基本知識，否則貿然去請教再多的前輩們，也是白搭。

還好，系裡面留存歷屆前六名得獎者的影片，也有文字版的書籍可供參閱，我那時天眞的想：只要我反覆看競賽影片，必能摸索出一套訓練規範。

不是蓋的！我花了近一個月的晚上反覆看這些光碟。

當然，所謂的「反覆看」不是傻傻地看很多遍，而是希望從表象看到背後的用心，而且從不同角度詮釋和分析優秀的表現，試著從中抽繹出有助於未來訓練成效的要素。

所以，我有時想像自己是評判，爲什麼會這樣給名次；有時想像自己是選手，爲什麼講這樣的內容、要這樣的表現；有時想像自己是教練，如果我的選手要這麼表現，我該給他什麼樣的訓練；有時我還會完全跳脫出來，試圖尋找出一些能讓選手脫穎而出的新方法……。

結果是筆記本裡密密麻麻的鬼畫符，我好像眞的有點心得了。後來去請教前輩老師們，很容易就聽懂他們的建議了，更重要的是，原來大部分前輩也是從看過去的比賽影片開始的。

或許，這就是一位稱職演說教練該有的基本功吧！我當時是這麼認爲的。

那麼，我們要關注歷屆優勝者光碟中的什麼部分，化爲訓練的重點，才能對選手有所幫助呢？

首先，我認爲要從這些身影中，找出「內容」、「語音」和「臺風」三項評判標準下，公認的優秀表現是什麼。

簡單的說，教練要試著從影片中找出得名的最低表現要求是什麼，這是前六名共有的，也是評判心目中優秀演說行爲的下限，選手只能比這些表現更好，不能沒有或低於這個下限。

這時，或許有人質疑爲什麼要先找所謂的下限，何不直接去歸納每位選手獲獎的特色？特色才是得名的關鍵啊！

沒錯！特色的確是得名的關鍵，但特色難以複製，學習前輩的特色不代表自己有特色，反而可能產生畫虎類犬的窘境。

更重要的是，「特色」和「耍寶」有時候只是一線之隔的，如果我們掌握到優秀演說行為的底線，並在這個底線的基礎上創造「特色」，就比較不會造成「耍寶」的尷尬局面了。

接下來，我們便可以觀察每位獲獎選手的特色了。我認為，獲獎選手的特色通常傳達三個訊息：一是選手的想法和個人特質；二是評判能接受的範圍；三是所抽題目可能的解讀方向。

不可否認，歷屆前六名的選手都很優秀，他們都有自己的特色，可供發揮，但據我的觀察，大部分選手的特質並沒有被完全開發，似乎多數教練比較相信某種既定的訓練模式，所以獲獎的選手同質性非常高。

儘管如此，那套所謂得獎的訓練模式也是我該學習的，但，我會留個小心思，心想：「某某選手如果我來訓練的話，我會……」當然，這只是心裡的OS而已，我卻認為對當時還是生手教練的我，非常重要。

再者，我會特別注意這些選手的演說內容，他們如何理解題目？如何形成觀點？如何組織架構？如何尋找例證？如何鋪陳內容？以及語音和內容搭配的細節……。

我發現獲獎者大都遵循某種表達的模式，這顯然是教練和評判都認同的。我後來對此頗有微詞，但當時就是努力的吸收而已，畢竟自己只是個菜鳥教練嘛！憑什麼意見一大堆。

歷年的比賽影片後面，通常有評判的講評，我覺得那部份非常重要，之所以當上評判，一定不簡單，聽他們的講評內容，常常讓我獲益良多。憑良心講，「內行看門道，外行看熱鬧」，我不否認常聽到門外漢的講評，最多的就是拿「朗讀」的標準談「演說」，實在莫名其妙。

這些姑且不論，有些評判講得眞的很棒，尤其是以前還沒有禁止評論個別選手，那時的講評內容更是具體、直接、明確，我認爲對教練的訓練規劃而言，有很大的啓發。

9. 安排模擬的比賽情境

您曾聽過「文場」和「武場」的不同嗎？雖然前文已經出現很多次了。

咱們演說是屬於「武場」，和「文場」的字音字形、作文、書法等項目不同，選手是得上臺的。可是，演說卻也與同爲「武場」的朗讀不同，選手又要「演」，又要「說」，不可能盯著稿子講固定的內容。

所以，選手對比賽情境的熟悉和適應，非常重要。

因爲，我們不希望選手臺下一條龍，臺上一條蟲。

不管有沒有比賽，任何的演說都是面向聽衆的，不能只是講給教練聽、講給親朋好友聽，不管什麼樣的場合、哪種類型的聽衆，或是什麼樣的場地，選手都得保持水準，侃侃而談才行。

因此，身為教練的您就得先模擬和設計比賽情境，成為訓練計畫中的重要環節，否則就算平時講得再好，換個地方，不能面對群衆，也是白忙一場。

我建議，選手練習的場地可以是教室、會議室、辦公室、禮堂或操場。

選手演說的對象則包括教練、其他選手、學校師長、學生家長、自己或別班同學，遠近親疏都來，以避免臨賽時尷尬害羞。如果條件允許，聽講人數可從一人、兩人、三人、多人到幾百人的大集會。

有人說口才是天賦的，我相信這種說法，但我更相信後天的努力才是成功的關鍵，而且在所有的努力中，臨場能力絕對是很要緊的部分。

這些都得在正式訓練之前做好，而且得由教練親力親為，不能假手他人的。教練的準備工作不只是找人找場地而已，還要先與聽衆溝通好，避免過激反應對選手產生負面的影響，至於場地的商借手續，也是越早越好的。

此外，教練要排除比賽時可能對選手不利的外在影響，尤其是場地、人員的各種突發狀況。

擁有二十八枚奧運獎牌，美國游泳健將菲爾普斯被人尊稱爲「飛魚」，各種賽事幾乎戰無不勝。聽說他的教練只做一件事，那就是常常給他出意外狀況，以保證他在面臨各種突發狀況時依然無損戰力。

有一次比賽，他的蛙鏡突然破了，一般人只能當場出糗，但毫無懸念的，最後他還是奪冠了，這就是他教練的主要貢獻。

事實上，演說比賽場地突發狀況很多，如果選手不善於應變，所有努力將付諸流水。

每次總有帶隊老師抗議冷氣聲音太大、吹冷氣口乾舌燥、開保溫瓶有聲響、選手走動干擾、移動桌椅聲響大、預備席的默唸出聲，甚至咳嗽擤鼻涕、緊張深呼吸、叫人鈴尖銳聲音、走廊腳步聲……，都是抗議的內容。

不合理或干擾的比賽情境當然要抗議，但是事先能想到、能預防的部分少之又少，而且致命性的干擾常發生在比賽過程之中，當下根本無法排除，總是讓人防不勝防，事後再追究，爲時已晚。

如果不想出糗，讓長期辛苦的練習毀於一旦，教練就要把應付突發事件的方法列入訓練計畫之中，就像菲爾普斯的教練一樣。

我認爲，演說比賽過程中的突發事件無非三種類型：一是選手自己；二是在場的他人；三是環境的因素。

選手自己的突發狀況比如眼鏡掉了、服裝破損、精神不濟、突然忘詞、不愼感冒、受傷上陣、生理時鐘、題目陌生、競爭壓力……等等，這些都是會讓人措手不及的突發事件。

在場的他人包括評判老師、工作人員和其他選手。教練不妨安排聽衆中有嚴肅的人、嘻笑的人、打瞌睡的人、來回走動的人……，讓選手習慣即使有這些人的存在，也一樣正常表現。

其實，最能影響選手表現的是評判，評判是誰又不可能先知道，令人尷尬的是許多評判不是面無表情，就是低頭沉思，甚至有的還忍不住打瞌睡、打哈欠，如果您是上臺比賽的選手，有何反應呢？

所以有時我自己或請同事幫忙，在聽選手演說時故意面無表情、低頭不語，甚至打瞌睡、打哈欠，用意就是想讓選手習慣，不要被這些反應影響了。

至於環境的因素就更多了，帶隊老師大多能事先提出抗議，但教練在訓練選手時也可以加入若干，對選手的比賽成績絕對是有幫助的。

如果接近比賽日期，選手各方面表現已經很穩定了，不妨嘗試在模擬比賽過程中故意突然停電、有人在走廊大叫，或者是叫人鈴提早一、兩分鐘響了……，讓選手去應付這些突發的狀況。

這些不是爲了捉弄選手而準備的，理由很簡單，我們訓練選手既要有「計畫」，也盡量考慮所有的「變化」，這才是稱職教練該做的事，不是嗎？

10.蒐集有助於演說的資料

常聽人說：「某某某有比賽經驗，所以特別適合帶演說選手！」這兩句話似乎意指只要有上場經驗，就能帶領選手獲獎；沒有比賽經驗的人，一定不會指導選手，更別說得名了。

眞的是這樣嗎？如果比賽是要求教練上場，而不是選手，那就是事實沒錯，但上場的當然是選手，難道教練以往的功力能馬上灌輸過去嗎？這好像是武俠小說的情節吧！

現實上可能嗎？當然不可能，比賽得選手自己來。

再說，如果入學考試都得由以往的考場常勝軍來帶，各種球隊得由退役球員來帶，演說選手也得由曾經擔任選手的老師來帶……，這麼一來，爲了獲勝，我們要找好多好多有經驗的人來當教練，這可能嗎？

事實上，並非名校出身的老師，才能帶出成績優異的學生；球隊教練不一定是球星背景，同樣能帶領球隊過關斬將；只要持續努力蒐集資料，不斷累積指導經驗，即使不曾參加比賽，也會是位很成功的教練。

我記得高中的英文課文中，有一篇是介紹美國NBA冠軍隊的教練的。

這位教練是五短身材，站在人高馬大的選手之中特別搞笑，但選手們卻對他十分倚重，即使明星球員也不例外，可見這位教練有令他們敬佩之處。

這位教練是曾經的球員嗎？他的五短身材就能說明一切，因此，好教練不一定是好球員，甚至可以連球員都不必是，只要他能善盡教練的責任。

在球場上，球員更多的是執行教練的戰略，試圖從戰術上贏過對手，哪天要他擔任教練的角色，卻未必能勝任。當然，也有例外的，但畢竟是少數。

我們只能說參加過比賽，的確能給選手經驗之談，卻不一定是好教練。

事實上，每位教練未必都是自願擔任的，在學校裡，更多的時候是被指派的，尤其國語演說項目，願意上臺挑戰的選手已經不多了，更何況主動承擔辛苦指導工作的教練！就像我當初受命指導一樣。

何不當作是對自我的一種挑戰呢？！至少我臨危受命時是這麼想的，我鍾愛語文，當時希望有自己無可取代的專長，天上掉下來一個機會，爲何不嘗試一下？雖然我從未當過選手，甚至之前也不關心比賽。轉念之後，面對艱鉅任務的心態也不同了，就當作是個挑戰，大不了就是失敗，偶而成爲大家的笑柄，也算是個人生經歷嘛！

我不是在唱高調，也不是想藉機抬高自己，原本年輕老師就常被指派髒活累活，如果推不掉，何不轉換心情接受它？！既然接受，何不讓自己變成這個領域的專家呢？相信自己，就做得到。

那，怎麼當個沒有比賽經驗的好教練呢？很簡單，多多蒐集和演說比賽相關的資料即可，包括靜態和動態、書裡和書外、縱向和橫向的。

譬如，您不妨聆聽其他評判的意見、前輩教練的指導、績優選手的參賽經驗，或是主動研讀演說訓練的書籍，甚至參考演說的相關研究……。

舉例來說，我曾讀過聆聽的理論，知道人類的聆聽專注時間其實很短，如果一開始沒有辦法吸引注意，恐怕很容易分心。此外，演說過程中如果沒有高潮迭起的安排，好不容易引起的關注也會迅速消退。

國語演說的評判是專家，聆聽能力或許好些，但一場比賽共三十幾位選手，每位少則四至五分鐘，多到七至八分鐘，那麼，評判能維持兩個半小時以上注意力一直不變，才是怪事！

所以，我要求選手架構內容時要間隔性的鋪「梗」，所謂的「梗」可以視爲「賣點」或「興奮點」，一旦「梗」出現了，評判的注意力就再度被吸引過來。評判不斷被吸引，便對這位選手印象深刻，如果表現得不錯，便很容易從三十幾位選手中脫穎而出了。

還有，請您和您的選手一起廣泛閱讀、蒐集資料，然後和他們討論所蒐集的資料該如何詮釋，以及更好的與主題相互搭配。

勤能補拙，更何況從未參加過比賽的您，指導工作的成果未必是「拙」的，只要能「勤」，不好能變好，好能夠更好。

想當然爾，勤於蒐集演說相關資料的您，融會貫通後，不只是超越曾經是選手的教練，同時也勝過一成不變的老教練，更把完全不知訓練爲何物的蠢教練，遠遠地甩在後面，豈不快哉！

11. 為選手打點好其他雜務

教練要幫選手打點雜務？爲什麼？！

沒錯！如果您想要選手全心投入比賽，而且遵照您的計劃，按部就班地接受訓練，您就要幫他打點好一些雜務，讓他無後顧之憂。

您要打點好選手的哪些「雜務」呢？

首先是主動介入比賽的相關事宜。從開始報名到上場比賽，所有和賽事沾上邊的消息，教練都得注意，而且馬上處理，尤其是事關選手權益，或是選手的特殊需求，更是千萬耽誤不得。

其實這些都還好，一進入全國賽，就有承辦單位和縣市負責人代爲處理，然而，還有一些關乎選手成績的部分，恐怕無法找人代勞，只能自己出面。

我帶的是教育大學學生組的選手，以往是每年十月校內選出全國賽選手，十二月就得上陣比賽。我第一年帶的時候誰也不認識，選出來誰咱就訓練誰，因爲沒有前一年的老手可以接著練，所以只能從比賽中發掘新秀。

第二年就好多了，儘管每年報名參賽的大學生常常只有五至六位，最多不超過十位，即使賽後沒有得名，他們只要有意願，不管動機是什麼，熱情已是可貴，我便邀請他們一起練習。

其他各組的教練就辛苦多了，從縣市初賽開始，一路過關斬將才能獲得參賽權。這時，原本教練和選手之間的一對一練習，又要加入縣市的集訓，選手開始接受一堆專家學者的狂轟濫炸，非常辛苦。

大家都是好意，可是建議的做法往往南轅北轍，搞得選手莫可適從，這時專屬的教練就很重要了。身爲最了解自己選手的人，您得協助選手過濾這些建言，找到最適合他們的做法。

其次是積極的和選手的關係人溝通。包括選手的老師、家長、親友或長官等，身爲教練的您都要主動接觸，爭取他們的信任與配合，否則選手容易夾在兩者之間，左右爲難，根本無法全心投入比賽。

再者是多方協調請假、調課的時間。您的選手來源複雜，爲了全力參加比賽，通常必須要打亂原有的生活、工作和學習步調，這個時候，身爲教練的您就要透過積極協調，不要讓選手因參賽而損失太多。

我的選手是教育大學的學生，他們從校內的語文競賽被選出來後，只有不到兩個月的時間可以練習，第一年帶的兩位選手甚至沒有參加過大型比賽，所以訓練工作的艱鉅程度可想而知。

屋漏偏逢連夜雨，我第一年帶的兩位選手都是大四生，他們雖然課不多，卻有最重要的教育實習，身爲實習老師必須不斷的觀摩、試教、做教具等，花不少的時間，這本是大四生忙碌校園生活的寫照，根本沒什麼空閒的時間。

沒辦法！除了和他們的任課老師打招呼之外，訓練之餘，還得和他們聊聊生活和課業情況，同時給予一些具體的學習建議。

其他各組的挑戰更大，我常看到各縣市集訓時，不是正逢考試的國中、高中生缺席，就是被賦予工作的老師或社會組選手告假，三天打漁、兩天曬網，想要得名的願望恐怕難以成眞了。

這時，除了選手的強烈學習意願外，教練就該負起解決雜務的責任了。

最後是預先安排場地與借用器材。教練擬定好訓練計畫之後，當然希望能夠落實，如果上面提到的刻意安排突發的狀況想奏效，涉及借用場地、器材和人力動員等工作，不可能假他人之手，得由教練一手包辦。

其實，上面講的「雜務」，難道選手自己都無法解決嗎？或許未必。但對選手而言，是不是要爲演說比賽放棄目前的學業、工作或任務？就是件很掙扎的事了。

最常見的是課業，小學生有定期考試和才藝學習，中學生則有考不完的試，如果常來參加練習，就不只是在練習場上花時間而已，回去還得準備更多，這時老師和家長大多有所怨言。

教師組和社會組更是尷尬，畢竟自己的工作不能放掉，像是老師不在要找代課，之後還得補課，社會上任何工作都不可能說走就走，完全不管不顧的。那麼，爲什麼要請教練出面打點呢？

我認爲這是一種表態，讓選手知道教練是玩眞的，雖然很在意比賽的結果，卻更在意選手能不能參與訓練，把爲比賽而訓練當作一件嚴肅的事。我相信，如果教練能在這個過程中展現強烈的企圖心，選手就會被感染，日後的訓練計畫也得以具體落實。

12. 接受訓練不只是為了比賽

無意間，看到哈佛商學院教授Amy Cuddy說的一段話：「試著重複做一件事，不是爲了有朝一日能駕輕就熟，而是要讓它融入你的靈魂。」當下，我興奮異常，連連點頭，這不就是我曾經和我的選手共同期許的嗎？

不過，我得先聲明選手接受訓練，熟練各種演說的技能，無可厚非，的確是爲了上場比賽無疑，但絕對不僅止於此，他們能獲得更多更多。

我訓練過的教育大學組的選手們，他們陸續擔任國小教師後，有的成爲自己縣市各種會賽的司儀、有的變成縣市國語演說選手的教練，除此之外，他們也是自己課堂中最優秀的老師，常常被委以示範教學的重任。

他們的丰采、他們的自信、他們的口條、他們的深邃……，在教師群中總是鶴立雞群，與衆不同的。即使從事不同的行業，他們的表現也是精采可期，而且伴其一生，成爲個人無可取代的特質。

爲什麼會這樣呢？因爲演說的訓練足以讓一個人徹底改變，短時間內從頭到腳，由內而外，不僅外表的儀態、語音、應變能力煥然一新，連帶著內在的學識、思想、涵養等，也都全然改造，日新又新，直到脫胎換骨。

我當時的選手們都有這樣的感覺，相信十幾年後，他們如果再回味當年的時光，一定還是非常贊同我的看法，或許，他們現在仍不斷享受後續的成果喔！爲什麼我這麼肯定？

由於當時全國賽是每年十二月舉辦，我校卻十月才開始挑選手，參加校內賽演說項目的人寥寥無幾，所以能挑的選手不多，而且大部分的選手不是從來沒有參賽經驗，就是國中、小時雖上過臺，卻沒有獲獎的紀錄。

剛接受訓練時，他們上臺慌慌張張、手腳發抖、害羞退縮、怪腔怪調、上氣不接下氣、東拉西扯、不知所云……。沒有人天生就是演說奇才，任何人開始接受訓練前都是同一個模樣。

經過兩個月的訓練後，他們去比賽，得到了榮譽，大多數人流下了淚水，在我看來，淚水的背後除了是對艱苦訓練的宣洩，一路走來，我從中看到他們的進步和成長。從那一刻起，不管自覺不自覺，他們的人生即將邁入新的里程碑，這是無庸置疑的，因爲他們在訓練中所得到的一切，已經完全融入他們的靈魂之中，無所不在了。

以我這個語文教育的老兵來看，最難教的就是自信流暢的表達能力，以及獨立自主的思辨習慣，不只是認了多少字、背了多少文章、用了多少典故而已，儘管後者是語文教育的基石。演說訓練在不偏廢奠定基石之下，還能全面的培養選手的表達能力，同時促成選手思辨的習慣，這是非常難能可貴的。

說得更誇張些，口說無疑是適應未來社會的核心能力，甚至大大超越書寫的技能，就因爲使用得最直接、最頻繁，所以語文教育應該大加著墨。

除了上述原因之外，選手還能從訓練中學習調整與人互動交流的策略。我認爲，人生中本有「知性」、「理性」、「感性」三大範疇，分別代表對「眞」、「善」、「美」的追求，聯繫到演說的訓練時，選手就必須學習對這三大範疇的比重做適切的調整。

舉例來說，比如選手要練習「環保」相關的題目，「知性」的部分就是「環保」的意義、範圍、類別和做法；「理性」則是「環保」的意識、評價、褒貶和比較；「感性」便是對「環保」的態度、期許、熱忱和行動。

一般而言，選手不會只選擇「知性」，而放棄「理性」、「感性」兩者，或者是光有「理性」，一點都不談「知性」或「感性」。我通常會建議選手至少選擇其中兩者，有時不妨兼顧三者，只需調配得宜，就沒有問題。

有人堅持演說絕不能放棄「感性」的部分，因爲不管是想感動人或說服人，「感性」的部分才是殺手鐧，但，這得視題目而定，我倒不是太堅持。

以上是「內容」的部分，其實「臺風」和「語音」也有「知性」、「理性」、「感性」之分。比如「臺風」的「儀容」、「態度」

和「表情」等項目，「知性」的平和、「理性」的果決、「感性」的激昂，就是很具體的訴求，當然，還是得搭配演說內容的鋪陳，否則會莫名其妙。

「語音」的「語調」、「語氣」更是如此，聲音的「表情」足以明確深刻的展現「知性」、「理性」、「感性」的訴求，如果偏執其一，不顧其他二者，甚至凌駕於內容之上，過猶不及，都足以破壞演說的整體感覺。事實上，「語音」不調和給聽衆帶來的負面感受，有時會超越「內容」和「臺風」，不可不慎。

第2章

臺風原來該這麼訓練

1.別懷疑，外表其實很重要

演說比賽的評判標準是：臺風10%、語音40%、內容50%。「臺風」只佔10%？而且「臺風」裡的「儀容」、「態度」、「表情」中，「儀容」只是一小部分，直覺上，應該是很不重要的項目吧？！

您相信嗎？至少身爲多年評判和教練的我，絕不相信。人是視覺動物，臺下的評判們也不例外，一位選手站在臺上，短的有四至五分鐘，長的到七至八分鐘，難道評判都不看選手的模樣？不可能！演說有「演」的部分，這就很明白的告訴我們，外表眞的很重要！

那糟糕了，如果我的選手不是帥哥或美女，就甭去比了嗎？

我必須承認，派個帥哥或美女來比賽，的確佔很大優勢，這是無可奈何的事。但是，如果帥哥美女的表現不如預期，往往會被放大檢視，扣更多分，這對帥哥美女而言，也是無可奈何的事。

外表不等於外貌，如果您把評判老師都當成「外貌協會」的，那就是侮辱專業了。更重要的是，外貌美醜是天生的，外表的經營則是需要用心的，只要不是極端的長相，每個人的容貌都有特點，我們只要努力地把它發揚出來，再各方面不斷地提昇就行了。

是不是帥哥美女，可遇不可求，因為頭腦好、口才佳的未必是帥哥美女。然而，正如同我們前面強調的，每個人都有「亮點」，不管外貌、體態、聲音、思考等，都有特色，演說比賽就是要發掘不同特點的優秀選手，可不是同一個模子印出來的複製人。

所以「外表」是動態的表現，是對選手一連串外在條件的綜合經營，「外貌」只是其中之一，卻不是唯一，如果選手有這樣的自覺，就不該埋怨自己長得不好，而是擔心自己努力的不夠。

有句美容廣告詞說道：「世界上沒有醜女人，只有懶女人。」撇開賣化妝品的廣告企圖，在演說比賽的場合上，或許我們可以說：「外表的經營方面沒有醜選手，只有懶選手。」

我曾經擔任演說教練的五年中，很幸運的，選手大多數是帥哥美女，更幸運的是他們對自己的外貌蠻有信心的，而且可能是年紀較長，比較知道怎麼好好的妝點一下自己，讓我省下不少的麻煩。

但是自己看自己畢竟有盲點，帥哥美女難免自我感覺良好，有時我還得擔心大學生的審美標準，或許和年紀較長的評判老師有所差異，所以還是需要參考一些外面的建議。

原因無他，這可不是自嗨了事的化妝舞會，「只要我喜歡，有什麼不可以？」怎麼打扮自己高興就好，評判才是最後的裁決者。所以決定採多數決的做法，找幾位老師投票通過才行，畢竟身爲教練的我還是得把好關。

試想，如果臺上站的是一位蓬頭垢面、穿著邋遢、不修邊幅的人，我敢保證，就算他是子貢重生、蘇秦在世，評判們也不會給太高的分數。

既然如此，咱們何不更積極一點？！透過髮型、穿著、化妝、鞋襪等外在的修飾，努力突出選手外型的「亮點」，或是掩飾選手的一些小缺陷，給評判一個賞心悅目的競賽選手，想必他也會回饋給您善意的分數吧！

說到這裡，大家應該不再輕忽外表儀容的重要性了。關乎儀容的東西很簡單，只要願意留點心，通常不難看出成果的，對選手來說，更有自信心、儀式感，搞不好能刺激出更好的表現。

然而，我想特別提醒一下，過猶不及，千萬不要刻意濃妝豔抹，打扮得花枝招展，或者是啥調整型內衣，穿得像要去參加化裝舞會，或者是國小組常見如同小公主、小王子出巡，實在沒必要。

回過頭再說比賽，整理好的儀容登場，可不只是讓評判驚鴻一瞥，感覺又發現帥哥美女選手一枚而已，我們還可以有更高的期待。

對演說教練來說，這其實是舉手之勞的小事，有時卻可能是影響輸贏的大事，尤其在選手們勢均力敵的緊要關頭，評判常常訴諸感性，有時直觀的感受就是決定成敗的關鍵。

還是那個觀念，我一直相信如果體貼您的評判，關鍵時刻，評判就會回應您的體貼。好的儀容是視覺的體貼，讓評判感到賞心悅目，當然是教練和選手的責任，不是嗎？

2. 先找個模仿的對象

訓練選手的「臺風」時，教練常常有苦難言，因為所謂的「臺風」是綜合表現，分析眼神、表情、手勢、站姿等內涵並不難，但「臺風」往往不是一加一等於二，就算每個部份都完美了，並不代表「臺風」就一百分。

當教練想描述某些「臺風」的狀態時，有時會詞窮，比如告訴選手眼神要有「自信」，我相信，包含教練和選手都知道什麼是「自信」，可是「自信」在他們心中卻有不同的解讀，表現出來的行為，當然就有所不同了。

再舉一個例子，我堅信選手的體態要「高雅端莊」，或許大家都知道這個詞是什麼意思，但選手和教練的理解是一樣的嗎？和評判老師的想法是一樣的嗎？有年齡和生活閱歷的差距擺在那裡，不同人的想法可能大相逕庭。

這時候，找個模仿的對象就非常重要了。由於模仿對象具體可參照，如果願意仔細觀察，他的行爲表現就有許多可效法之處，再加上模仿的若是偶像的話，這樣的模仿將會又快又有效率。

回想我大學時有位老師上課極具魅力，學生們對他的課堂評價很高，我也是其中之一，有次上課時他自爆原因爲何。

原來他從小喜歡看京劇，而且被劇中角色的身段、儀態和說話方式所折服，不僅如此，他常在沒人的地方模仿劇中人物言行，頗爲自得。因此，長大後工作、任教，就自然而然表現出來，沒有任何虛僞造作的感覺。

我們不是常說演說要有「演」的部分嗎？不要懷疑，拿盛行千百年的傳統戲劇當作學習對象，絕對是個好主意。

但是，中國傳統戲劇早已式微，或許只有YOUTUBE還能檢索一二，而且劇中的高雅恐怕不是現代人能欣賞得了的，那我們該怎麼辦？

幸好如今網路媒體蓬勃，各種戲劇形式充斥，電視、電影、舞臺劇、網路劇等，都是可以參考的對象，只是濫竽充數的多，要好好選擇就是了。但是大家別誤會，我們不是要研究戲劇，而是要模仿人物的言行，希望從中找到提升「臺風」表現的參考。

既然是尋找模仿的對象，戲劇就不是唯一的來源，各個領域都有。舉凡中外政治人物、媒體主播、熱門網紅、電視演說秀等，在YOUTUBE裡都可以輕易蒐集到他們的訊息，也是選手可以反覆模仿的資源。

但是，當教練開始幫選手找模仿對象時，有幾個原則要先特別強調的。首先，選手的偶像通常不會合評判的胃口，所以教練要幫他們過濾一下，否則把評判不認可的言行用在比賽上，可能會偷雞不著蝕把米。

事實上，年輕人很容易被流行趨勢左右，崇拜的某些偶像往往都以挑戰傳統、標新立異聞名，很多選手在決定參賽前，日常的言行已經被偶像們改造了，所以訓練和參賽時難免表現出來，如果教練不注意或放任不管的話，對比賽可不是件好事。

寫到這裡，可能有人認爲我老古板、跟不上時代。這是天大的誤會！演說原本是很具對象性、情境性的口語表達活動，通俗點說，就是「見人說人話，見鬼說鬼話」，選手不能想說什麼就是什麼，全然不顧對象是誰。

此外，「什麼場合說什麼話」也是演說的基本原則，難道選手要把和同儕打屁、插科打諢的用語、儀態，拿到比賽的場合上施展嗎？根本不可能！

其次，如果想要模仿有效果，一次只能一個對象，而且模仿的時間不能太短，否則很難有所成效，還不如不模仿。一般而言，除非有模仿的天才，我們想模仿一個人，就算勤奮不懈，至少也要一、兩個月才行。

綜藝節目中的模仿秀藝人，總是帶給我們許多歡樂，但這些藝人爲模仿所付出的心力，卻不是我們能夠想像的。模仿超過五百多人的郭子乾，從小在夜市模仿殺蛇人叫賣，到了學校模仿主任、校長、教官訓話，一直到成爲藝人後不斷模仿政商名人，他總是全力以赴。

他承認最難模仿的是民進黨前主席許信良，很長的時間不知怎麼辦才好，有天突然聽到某個聲音的節奏，靈機一動，以後就模仿得唯妙唯肖了，可見他所付出的努力有多少。

再者，我們要給選手一個觀念，模仿是過程、是手段，目的是爲了成就自己，所以面對模仿對象通常是取其長、補己短，而不是照單全收。換言之，模仿的過程中不只是求外型相似，更要內化到心中，而且能自然而然表現出來，應該做到「你的是我的，我的還是我的」，模仿只是過程、借鏡，最終還是要成就自己，千萬不能陷進去無法自拔。

如果您的選手想模仿的是美國總統歐巴馬，那很好！因爲歐巴馬的自信、口才和機智，的確是選手模仿的很好對象，但千萬別和他一樣每句間停頓太久，演說時間可沒那麼多。

如果你想模仿政治明星高雄市長韓國瑜，那很好！因爲他總是會用簡單的話語、巧妙的比喻和撼動人心的口號，讓廣大聽衆熱血沸騰、激昂澎湃。但是，拜託千萬別在一段話最後出現「大家說對不對？」、「好不好？」之類的競選語言，演說比賽可不來這一套。

3. 開口前已經開始評分

依照演說比賽規定，選手開口才啓動計時，說完最後一個字結束計時。

您覺得評判老師也是這樣嗎？只有在計時的過程中判定選手表現的優劣？

當然不是，評判老師又不是計時器。

如果依照時間的順序，叫號後上臺前，評分已經開始了。只不過選手說完，評判老師的確會和計時器一樣停止工作，因爲要忙著寫評語和打分數。

第一印象很重要！很重要！眞的很重要！

我擔任演說評判時，曾經看過有些選手上臺時腳步沉重、有些面無表情、有些低頭沉思、有些趾高氣昂、有些雙肩搖晃，像廟會的七爺八爺；有些扭腰擺臀，像走伸展臺的模特兒……。

我曾經看到選手站上臺後不斷喘氣，覺得十分奇怪，難道這幾步路就能讓人氣喘吁吁了嗎？雖然他的步伐的確有點快，也不至於這樣吧！當下我眞的懷疑他能講得完嗎？果然，這位選手整場不斷吃螺絲，估計是緊張造成的。

另外一個極端是華麗上臺法，一小段路走得有點久，不斷沖著評判拋媚眼，身體也扭動得很誇張，未開口說之前，就已經大演特演了。

過猶不及，兩種極端我們都該避免。前者自然不能出現，後者的行爲也不會得到好的回饋。

不要怪我太愛找碴，因爲他們實在太引人注目了！

也不要說這不公平，計時還沒開始呢！相信我，資深的評判總會捕捉任何有助於判分選手高下的瞬間。在他們看來，選手一亮相，就已經開始比賽了。

您可能會說：「只要我的選手沒遇到龜毛或資深的評判就行啦！」

或許吧！但您想冒這個險嗎？！如果是我，我不會。

好吧！那選手要怎麼練出場呢？

很簡單！表情充滿自信，帶者淺淺的微笑，上身不要搖晃，雙臂放鬆垂下，雙手大拇指輕扣食指，隨著步伐自然擺動。當然，千萬不要同手同腳，或是緊張得像塊木頭。

其實，最難練的是走路！整個比賽過程只有這個時候要走動，所以特別容易被人關注，而選手的自信和個性，也在這個時候畢覽無遺。

走路千萬不要急促，也不能像電影角色的慢動作，否則容易鬧笑話。男生走路千萬別跨大步，跨大步就有急促感，而且避免狂妄的大外八走法，因爲大外八顯得自大、囂張，非常不好。

女生要練習步伐儘量維持在一條線上，步履輕盈，而且抬頭挺胸，目不斜視，這時體態最爲高雅。此外，肩膀不晃動，下巴微收，腰部自然擺動，否則看起來不太莊重，或是像個機器人。

或許有女權主義者抗議，爲什麼女性一定得高雅、莊重？爲什麼不能做自己？接下來就是一連串的咒罵。這個質疑是莫須有的，高雅莊重難道就不能做自己？做自己非得在這種場合嗎？

事實上，高雅莊重並非女性的專利，男性也要，更何況演說本來就有「演」的成分，臺上展現出大家期待的形象，也是選手的基本修養之一。

或許還有人問：「小學生呢？國中生呢？他們也要高雅莊重嗎？」爲什麼不？他們在臺上表現出高雅莊重，並不影響他們在演說中展現童趣，在不同的場合展現應有的儀態，這不是學生學習的目標嗎？難道又唱又跳的出場，才是年輕學子應有的本色嗎？

上臺前不必刻意看向評判，更不要斜眼偷瞄，接下來的幾分鐘可以看個夠，選手只要流暢的、優雅的和自信的走向講臺即可。

即使這個過程不到十秒鐘，卻絕對有反覆練習的價值。

4. 該有的禮貌別忘了

禮貌這東西，做了，不一定加分，不做，一定會扣分。

眞的是這樣嗎？當然！這得特別練習嗎？當然！

沒練習會怎麼樣嗎？選手沒忘記就好啦！

沒那麼簡單！有禮貌可不只是鞠個躬，向評判問聲好而已。

從出場到開始大發議論，選手開口的那一剎那是關鍵，如果您想讓比賽的過程順暢無比，這個部分就得練。

選手要練什麼呢？練停頓、練表情、練眼神、練鞠躬、練組織、練選材、練開口第一個字的發聲法。

選手一站上講臺，先別急著開口，花幾秒環顧一下四周，用淺淺的微笑、自信的眼神和所有人交流一下，尤其是那幾位評判老師，但時間不能太長。

這時候身體放輕鬆，先別急著端起練好的演說姿勢，眞的不急，因爲接下來還要鞠個躬嘛！我看過很多選手忘了，端起姿勢後才忘了鞠躬，十分狼狽，接下來的表現必然大打折扣，非常可惜。

筆走至此，我要先界定演說場上的禮貌的範圍，當然，開講前的問好，結束後的謝辭是表現禮貌的好時機，無庸置疑。問題是：這樣就夠了嗎？不夠！選手有禮貌的目的是要讓聽者感到貼心、窩心，爲什麼有些人講話我們愛聽？爲什麼有些人講話卻讓我們感到無聊，甚至痛苦？

很簡單，就是因爲我們愛聽這個人講話，包含他講的內容和講話的方式。講什麼內容人們會愛聽的，涉及這個部分，我們把它放到後面來討論，這裡就專門談談講話的方式。什麼樣的講話方式人們愛聽，會感到貼心、窩心呢？關於語音的表現方式容後再談，這裡我們專就「臺風」的部分深入分析。

首先，我們先來聊聊與聽衆的關係。在我擔任評判的經驗中，最不喜歡選手一付匆匆忙忙、交代了事，感覺起來好像是要趕緊完成工作，然後就可以輕鬆自在的樣子。

須知，即使坐著聽選手演說，臺下的聽衆可不是被動的接收者，選手的演說內容能不能被接受、是否獲獎，取決於評判的感受，不只是選手的努力而已。如果評判接收到的是照本宣科，似乎只是忠實地唸完一篇演講稿而已，我想再好的內容，評判也不會輕易的買單。這是從全面的感受來說的，什麼是禮貌？就是我感覺你是爲我而說，爲我而準備的。

其次，就是要明確感受到選手的熱情。我們一直認爲上臺的選手是大衆矚目的焦點，不管願不願意，難道臺下的聽衆就不是了嗎？一樣的，回想一下，我們小時候如果發現老師沒看我們，就開始在座位上搗蛋，一旦老師眼光掃過來，馬上正襟危坐。

長大後聽演講，心態一百八十度轉變，如果心儀的演講者看我們一眼，我們對他講的內容立刻有感應且認同，人與人之間就這麼奧妙，那怕是幾秒鐘的目光交會，尊榮感立刻湧現，我們和演講者馬上產生連結。這是從具體的「目光接觸」而言的，什麼是禮貌？就是你眼中有我，你是渴望我的認同的，投桃報李，我也會給予相同的回應。

再者，內容搭配肢體語言的強大說服力。我們已經談了不少提升選手「臺風」的建議，但光有好的「臺風」卻不足以說服人、有好成績，而是要搭配充實的內容，才能夠相得益彰。

從這個角度來看，對臺下聽衆最大禮貌就是我敬重你，所以願意把我認爲最好的東西拿出來，努力說服你，讓你同樣獲益。選手也要有這個心態，使出渾身解數，將充實的內容搭配肢體語言，呈現給最敬重的評判老師。

曾聽過一句話：「如果你全力以赴，生命也將對你毫無保留。」同樣地，「如果選手全力以赴，聽衆也將對你毫無保留。」心心相印，彼此欣賞，都奉獻出自己最好的一面，這就是演說場上該有的禮貌，無可取代。

透過上面的討論，我們很清楚演說賽場上的禮貌不只是問候而已，選手得在演說過程中帶來貼心、窩心的感受，這是從每個細節中點滴累積出來的，而且是出自眞誠，沒有任何虛僞造假的成分，否則只能淪爲笑柄。

我認爲，在建議許多的「臺風」內容之後，再強調這個觀念便意義重大，因爲有了貼心、窩心，自然有眞誠、敬重、分享、欣賞等延展性的禮貌觀念，「臺風」就不會淪爲形式，而是有所爲而爲的了。

5. 善用「語氣」讓人印象深刻

我們聽人講話，總會有不同的「感覺」，比如「這個人好親切」、「她的態度很誠懇」、「他很幽默」、「好像不太可靠喔」、「不知道在臭屁什麼」、「爲什麼他總是嘲笑我」、「他這個人太浮誇了啦」……。

這些「感覺」都是聆聽後的綜合感受，既來自於外在的表現，也出自於內容的鋪陳，內容的部分存而不論，我們先討論外在的表現。事實上，讓聽衆有具體的「感覺」的，通常直接來自於說者的「表情」和「語氣」無疑。

「表情」的部分我們將另文討論，雖然兩者互爲表裡，但這裡先來談談「語氣」。我認爲，「語氣」是口語和書面語表達的主要差別之一，也是面對面的聽說雙方直接傳達的的感受訊號，現代語法學把字和句的差異放在「語氣」的完成與否，就是這個原因。

然而，語法學將「語氣」用四大類型的句子：「陳述句」、「疑問句」、「祈使句」、「感嘆句」等，雖然能夠提供我們參考，但畢竟只是一兩句話的表現，就一場演講而言，實際上可能要複雜得多了，必須要審愼規劃。

我認爲，四大類型的句式中「陳述句」是基調，是演說選手表達自己觀點的主要形式。然而，如果一直是「陳述句」不變，那就不太妙了，整個內容聽起來更像是背書或宣達政令似的，很容易令人生厭或昏昏欲睡。

這時，其他三種句式就負擔起調節的效果，無論是「疑問句」、「祈使句」或「感嘆句」，由於語氣的起伏變化，馬上把聽衆從平靜無波的「陳述句」喚醒，更能注意到演說內容中值得深思、關注和反省的環節。

正因如此，「疑問句」、「祈使句」或「感嘆句」絕不能取代「陳述句」，成爲演說內容的基調，否則不僅選手的觀點無法順暢表達，一連串的疑問、請求和嘆息，恐怕會讓聽衆消化不了，甚至產生比平淡的「陳述句」更無法忍受的疲勞轟炸感覺。

在我的評判經驗中，曾經有兩次不太好的感覺，起因就是選手濫用不恰當的句式，導致語氣上表現負面情感的宣洩。一次是發生在教師組，談的內容是偏向校園倫理的議題，我記得那位老師選手一上臺氣勢洶洶，開口就提出了一堆疑問，仔細一聽不是「提問」，而是「質問」或「激問」，問的當然不是我，當下卻令人感覺不太舒服。

我絕對相信這位老師對教育現況有自己的想法，而且對很多議題有自己的反思，但，演說的場合不是發洩情緒的地方，更不是名嘴上節目針砭時弊的舞臺。評判除了想知道選手的觀察和感受，更想聽到選手對這些問題的深入見解和做法，這時連番的質問，難道想把臺下評判當成被質詢的官員嗎？

另一次是發生在社會組，講的是有關臺灣社會的亂象。這位選手一路感嘆臺灣社會人心不古、欺矇拐騙、族群對立、世代仇視、政治紛擾、政黨惡鬥、經濟崩頽……等等，就只差沒把「鬼島」兩個字說出來而已。

這些都沒錯，我也知道，但當下我只感覺這位選手帶給我的是一片灰暗的未來，聽他的演說後，恐怕連在臺灣生活下去的勇氣都沒有了。這不太對吧！我們總不會是為了否定自我、放棄未來而聽演說的吧！即使是演說比賽，選手在揭露眞相之後，還是得提出積極的分析和建議才對。

除了上面提到的四類句式之外，「語氣」其實可以全面的感受，而且和個性有很大的關係。溫柔體貼的人，總是輕聲細語；飛揚跋扈的人，常常呼來喝去。我們要思考的是：演說選手應該依照自己的個性本色演出嗎？換言之，比如我是溫柔體貼的人，就採用輕聲細語的口氣表達：外向進取的人，就可以先聲奪人嗎？當然不行！

我的建議是，一切以演說內容為標準，如果內容需要你輕聲細語，就絕對不能咄咄逼人，相反的，如果內容需要你果敢堅毅，就千萬不要猶豫不決。但是，按照自己個性作為基調是可以的，以這個為基礎，有意識的訓練迥然不同的語氣表達方式，來因應各種內容的需求，才是演說訓練時的關鍵。

平心而論，能做到這樣要求的並不多，我見到不少走極端的選手，比如許多一看就曾被充分訓練的選手，一上臺聲若洪鐘，而且這口鐘一直響到結束，實在讓我非常佩服，卻很難聽出他對演說內容的感受。

相反的，有些選手則一路輕聲細語，明明是慷慨激昂的訴求，卻無法從語氣中聽出來，實在很難相信這是他的想法，沒錯！就因爲語氣，我無法認同他所說的一切。

6.用姿勢吸引所有目光

演說演說，「說」的部分沒問題，但「演」什麼呢？整體的看是演說者的「臺風」，而其中最引人注意的是「姿勢」，難怪有很多專家非常關心演說時的姿勢，因爲它有不小的影響力。

我認爲練習國語演說的姿勢時，不妨集中突顯「站姿」、「手勢」兩個最明顯的部分。

爲什麼呢？因爲選手演說的時間最長不過七至八分鐘，不必花太多時間練其他姿勢，我堅信，所有姿勢中最顯眼，對內容有明確的輔助效果的，就是「站姿」和「手勢」。

這些姿勢會傳達給聽講者某些訊息，一般稱之爲「肢體語言」。簡單的說，就是試著讓我們的姿勢也能說話，能吸引評判的那種說話。

首先別忘了站著的時候，要習慣下巴微收。因爲評判是坐著往上看的，如果選手沒有微收下巴，看起來就像個趾高氣昂的人。

然後儘量上半身挺胸收小腹，略微向前傾，這樣的肢體語言是親近、熱情，急切的盼望說服對方。如果選手直挺挺的站著，甚至上半身往後傾，將給評判一種冷漠、疏遠，或是事不關己的訊息。

雙腳怎麼站呢？筆者認爲男女有別，而且年齡有異。如果是國小組、國中組，或是高中組，無論男女，自然張開雙腳，自己感覺輕鬆的距離即可，但腳掌的重心在前，以配合上半身前傾，平衡手勢變化可能帶來的晃動。

高中組以上，包括教育大學組、教師組和社會組的女性選手，我建議採淑女型的站姿。簡單的說，左腳腳跟不動，腳尖向左移約二十至三十度，右腳往左後方移動，右腳掌與左腳跟之間約有二至三指的距離，這時，右腳打直，左腳微彎，從上方看下去，略呈 y 字型。

如果左腳不動，右腳往後移行不行？當然可以，完全視個人的習慣而定。

由於大家公認這是女性最美的站姿，模特兒也常練習這樣的站姿，所以我建議成年女性選手不妨嘗試這樣的站姿。但，這畢竟不是大家習慣的站法，所以要多花點時間練習。

附帶一說，淑女型的站姿要搭配雙手手指伸直，輕輕疊放（左下右上），置於肚臍前方或略上，這麼一來，更是美不可言。成年男性選手雙腳自然站立，手部的姿勢也可以效法。

選手的雙手不宜放在背後，也不好放在襠部，插腰則是想都別想。因爲手放背後讓人覺得想隱藏些什麼；手放襠部讓評判尷尬，眼睛不知該放哪裡；插腰說話，質疑對方的意味很強。

總的來說，演說過程中手勢不宜太多、擺動幅度不可太大，否則令人感到眼花撩亂；太少、或是畏畏縮縮的，則沒有效果，不明顯，不如不做。某些手勢要小心使用，譬如手指對方、手刀劈物、隨意揮動等，這些都有副作用，對演說效果沒有幫助。

我建議演說比賽中，選手們只要習慣三種手勢即可，一是手指併攏手掌向上，雙臂向外向上延伸，一下子到定位，單手時也是；二是單手貼於胸前，但不要一下子拿開，否則會讓人感到矯情；三是小動作如握緊拳頭、食指向上或大拇指向上偶爾使用，尤其在一些特殊情感如激昂、讚美、篤定等內容時，表達效果更好。

有許多網站或書籍中大量介紹這些手勢，雖然這些都是經過科學驗證，可信度極高，我卻不建議選手們模仿。原因很簡單，坊間的介紹對象通常不適用於比賽，而且這些往往是歸納政治人物或專業演說家的行爲而得，如果身分不對、場合不對和主題不對，卻使用同樣的手勢，反而有畫虎類犬的負面效果，拿來演說比賽套用就是。

我曾見過選手竟然用美國爭議政治人物招牌手勢，令人感到很不舒服。同樣的，在比賽的場合中運用類似TED的專業手勢，有時會讓評判老師不明所以，所以超齡化的行爲能少就少。切記！任何姿勢都是爲了輔助內容，千萬不要反客爲主，否則可能會鬧出更多的笑話。

7. 努力克服不自然的動作

我們必須先承認我們是普通人，總會有些生活上的小習慣，一站上講臺，幾十雙眼睛盯著看，緊張是很正常的，更何況比賽時還有偌大的鏡頭對著，難免會不自覺的表現出一些奇怪的舉止。

千萬不要因爲這樣，就覺得自己不適合上臺，或者是無法承擔選手的責任，只要把不好的習慣改過來就行，沒什麼大不了的。

我永遠記得國一時的自我介紹，我在臺上紅著臉，手足無措地說不出一句話，直到三分鐘之後，老師才笑著說馬同學可能還沒準備好，先換下一位吧！只記得我那時是衝回座位的，一整天不敢和人說話。

現在，我卻是靠說話謀生，除了每周固定的教室講課，我還得常去演講、培訓，靠的就是上臺說話。好壞不說，面對的有時是少到七、八人的研討會，多的則是上千人的培訓場合，目前勉強都能應付得過去。

國一上臺講不出話的我，當時羞愧之餘，恐怕打死都不會相信，未來竟會有在講臺上暢所欲言的一天吧！喔，不，是一輩子。

但事實就是如此，我相信，沒有人天生就是爲講臺而生的，個性開放的人或許早些表現得好，個性內向的人一旦掌握訣竅，未必就不能後來居上。

據研究統計，多數人爲上臺講話的恐懼感所苦惱，誇張一點地說，嚴重的程度只比立刻去死好一點。有人開玩笑，或許被逼著立刻上臺的人會告訴您：「只要不上臺，讓我立刻去死都行！」

我認爲這並不誇張，大部分的人對上臺總是有恐懼感的，包括那些臺下能侃侃而談的話癆，上了臺，一樣變草雞，完全是「臺下一條龍，臺上一條蟲」。

不過，和我小時一樣說不出話的似乎很少，只是會出些小狀況，好不容易撐到結束，下臺的第一件事，便是發誓再也不願意上臺了。一般場合的上臺已經是這樣了，更何況關乎名次高下、嚴肅緊張的演說比賽，可想而知，上臺不如意的表現對選手的打擊有多大！

平心而論，因爲緊張或抗拒導致的表現不佳是全面的，比如腦筋一片空白下的不知所云、呼吸急促時的怪腔怪調等，在演說的內容和語音的表達上，也連帶著不盡如人意。但是，我們在這裡集中談「臺風」的部分，所以特別關心因爲上臺緊張而產生的不自然動作。

其實，動作自不自然因人而異，有可能大家覺得很怪的動作，卻是我日常中的最愛；演說比賽中大家讚美的表現，我卻感到非常噁心。關於這些極端動作，我們姑且存而不論，原因是很怪的動作大家未必有，被讚美的動作如果選手都在做，反而沒有特色了。

扣掉這些，還有哪些不自然的動作呢？就我的指導和評判經驗，選手的不自然動作包括身體晃動、二板偏好、目光游移、發抖抽搐、冗餘行爲等等。

選手的「身體晃動」方式比較多樣化，有整個身體晃動，也有局部晃動的，比如肩膀、大腿或不住點頭等。「二板偏好」則是指選手習慣在演說時盯著地板和天花板，就是不願或不敢看評判，能偶爾瞥一下聽衆，已經難能可貴了。「目光游移」也是比較常見的不自然動作，而且既然稱作是「游移」，便不是想兼顧群衆，而是驚慌失措時的一種反射動作。

我所說的「發抖抽搐」不是驚訝恐懼的那一種，而是緊張的，選手這時常會不自覺地發抖，好發的部位通常是腿部，臉上的肌肉也會抽搐，偶爾是全身抖動，我還看過牙齒打顫的，講出來的話不免斷斷續續的。

「冗餘行爲」是指無益於演說表現的動作，比如說話前的輕咳、深呼吸，下意識地做出某種手勢（比如「讚」或「耶」），不管講什麼內容都會有的招牌表情（最常見的是皺眉），刻意做出來的彎腰、左右擺動的行爲等，看在評判的眼裡就一個字：「怪！」

上面提到了這麼多，選手可以反省一下自己是不是有類似的行爲。事實上，這不僅是菜鳥選手常犯的，老手也很難避免，像我們這種老傢伙更不自覺有這些毛病，而且很難改（比如我喜歡盯著人看），還好不用比賽，不過看在聽衆的眼裡，都是不怎麼樣的怪癖。

這些動作要怎麼改呢？我的建議是與其一項項強加扭轉，不如有意識的慢慢調整。增加上臺的經驗是必須的，但選手在平常練習時就要注意這些細節，不能得過且過，可以在鏡子前調整，也可以錄下來自己多看幾遍，然後在下次練習時改過來。

教練和師長親友的協助也是必要的，旁觀者清，總比自己胡亂摸索的好。此外，我也建議選手們在生活中內化，一有與人互動交談的機會就注意這些細節，有機會立即改正，效果更大。

8. 笑與不笑都能製造氣氛

人類的臉就是個社交工具，臉上的表情能夠傳達非常豐富的訊息，屬於演說中「演」的部分，所以當然不能忽略這個要素了。

雖然我們都知道「笑」是拉近人際關係的技巧，但演說比賽不只是要拉近選手和評判的距離，更要爲演說的內容服務。

如果選手說得好，在表情的輔助下，便可讓評判陶醉其中，一旦他們對選手的表現激賞，還怕關係不好嗎？

如果要更好的服務於演說內容的表達，光「笑」恐怕是不夠的。

一個不適切的表情，不如沒有，因爲會弄巧成拙。

悲哀的內容您笑了、嚴肅的內容您笑了、反思的內容您也笑了、譴責的內容您照笑不誤……，不是個令人感到莫名其妙的狀態嗎？這是從內容來說的。

但是「笑」所指的不是嘴角上揚而已，因爲局部的「笑」會令人不寒而慄，就是所謂的「皮笑肉不笑」。這種虛僞或刻意的笑很容易被人揭穿，在人際關係上只能是雪上加霜，不如不笑。

古人所指的「巧笑倩兮，美目盼兮」，大概能把臉部表情的功能講得最清楚。因爲「倩」是美麗的意思，美麗是一種整體的呈現，所以笑不會只笑在嘴巴上；至於「盼」，辭典把它翻譯成黑白分明的樣子，我不贊同，如果「巧笑倩兮」和「美目盼兮」對舉，爲什麼「倩」表示一種美態，「盼」卻只是談眼睛的外觀？我認爲是另一種美態，比較偏靜態的。

我相信古代詩人心中的「盼」，應該是指眼睛會說話，就像「盼望」時眼神中有某種期待、思念或是激情。回到演說上，「巧笑倩兮」帶來的是視覺的整體美感，「美目盼兮」則是帶來知性或理性的訴求，嘴巴在說，眼睛也沒閒著。

我相信，演說選手透過笑容帶來感性的美，同時也透過眼神傳達知性美和理性美。笑的時候有感性美，不笑的時候選手依然傳遞出自己的訴求，兩者結合在一起，威力更是驚人。

有很多書介紹如何笑得更有質感、更有魅力，甚至把笑分成幾種類型，從操作面講怎麼做才能笑得更有影響力。我認爲身爲演說教練，應該多吸收這方面的訊息，再根據自己選手的特色，選擇加入訓練的計畫之中。

我特別強調，選手有自己的個性和外貌特質，不必用同一套標準去要求，書中講的也是通例，千萬不可照單全收，要能變成個人的特色才行。

除了教練幫忙看選手的笑容外，我鼓勵選手透過鏡子看自己，透過鏡子，選手可以一直自我練習，找到自己最喜歡的笑容。不管是輕笑、淺笑、苦笑、含蓄的笑、開懷大笑、無奈的笑、會心一笑……，須知，一旦選手肯定自己、熱愛自己，所展現的就不只是一個笑容，而是演說氛圍的整體改變。

另外一個可以自行練習的是眼神。古人認爲人的誠信看眼神、精氣看眼神、性格看眼神、智愚看眼神、巧拙看眼神，當然，身體的好壞也可以從眼神中窺知一二，那是中醫師的強項。

眼神怎麼練？其實大有學問。我認爲約略有兩個大項：一是搭配內容的眼神表現；一是面對聽衆的眼神接觸。前者是在內容陳述時，搭配語調的起伏變化和面部表情喜怒哀樂，所做的眼神豐富變化，目的在於更好的傳達內容的思想和情緒成分。

後者也是以演說的內容爲基礎，卻更強調在面對聽衆時的「目光接觸」，講者應該透過眼神傳遞訴求，爭取聽衆的認同，在比賽的場合裡，指的就是臺下的評判老師。

眼神接觸有幾個基本要求：不俯視、不斜視、不要一下子移開目光，也不能緊迫盯人。換句話說，選手千萬不要像雷達一樣，頭晃個不停，眼神游移不定，也不要一直盯著某位評判不放，好像遇到債主似的。

怎麼才能搭配內容做出好的眼神表現？怎麼才能與評判進行「目光接觸」呢？很簡單，對著鏡子練，把自己講的過程錄下來，好好分析一下，但怕到頭來自以爲是，所以還是要請教練或親友幫忙看。

依據我的經驗，眼神有練或沒練，搭配笑容的展現，不要說在比賽時表現得非常明顯，私下練習的過程中也是有明顯對比的，對整體演說表現的影響不言而喻。

就算您傻了，評判也不會傻，因爲在比賽時裝傻要付出代價的。

隨著演說內容演出適合的表情不容易，但非做不可，因爲演說比賽就是得「演」，不容懷疑。

9. 讓你的眼睛也會說話

臉上五官中，眼睛是最靈動的部分，如果搭配迷人的笑容，就是美的極致表現，所以《詩經》說了「巧笑倩兮，美目盼兮」的審美標準。

但我們別忘了，《詩經》這兩句話的前面還有「手如柔荑，膚如凝脂，領如蝤蠐，齒如瓠犀」，相較於這些局部的美，「巧笑倩兮，美目盼兮」則是綜合的、動靜態的美感呈現。

我們在前文曾說過「笑」的問題，也曾經強調「眼神」與「笑」的搭配，經由《詩經》的提示，這裡的「眼神」是綜合的、動靜態的美感呈現，不只是牽動一下嘴角，或是有雙明亮的眼睛就算了事，背後還是有很多講究的。

直到現在，我們還常聽到「她有一雙明媚的大眼睛」、「她的眼睛會說話」等讚美的話，對演說的選手而言，眼睛明不明媚得靠天生，會不會說話則可以靠練習得到。

同樣的，笑或不笑是服務於演說內容，眼神也是爲了突顯演說內容的。

別管選手的眼睛大或小，明媚不明媚，您都要讓它們能說話。

那麼，選手什麼時候練習？隨時都可以練，只要眼前有面鏡子，或者有位願意給誠實建議的觀衆。

該怎麼練？內外在都要練。內在的部分很簡單，就是要求選手講件快樂或難過的事，而且盡量用明顯的表情搭配，慢慢地，再找一些描述悲慘事件的故事、報紙文字，要他們有感情的唸出來。

如無意外，選手們初次練習時一定叫苦連天，認爲自己絕對沒辦法做得到。爲什麼這麼想？很簡單，因爲東方的教育重視溫柔敦厚、含蓄內斂，如果生動、肆意的表現自己，馬上會擔心旁人的目光和指責。

演說就是要眞誠的表現自己，這是「演」的用意，沒有錯，但我不是指誇張、刻意地造作，而是釋放自己，讓聽衆欣賞你最眞實的一面。

然而，這一切都得從眼神開始，如果你表現的不是眞誠的自己，眼神會洩露一切的。

還記得以前當實習老師時，某國小的一位資深老師說我上課時太理性，沒有感情，學生或許會畏懼、遵從，卻不會喜歡我這個老師，更不會因而投入我所教授的內容中。所以，有段時間我嘗試在鏡子前自言自語，希望自己說話能更有情感，沒說話時，我還一邊想著某些悲歡往事，一邊看著自己在鏡中的眼神和表情變化，盼望喚起沉睡已久的自己。

指導教育大學的演說選手後，我也分享這個經驗，要他們私下練習時特別注意自己的眼神和表情。事後看來，他們的表現還不錯，肯定都比我好，或許大部分選手是女生，善於表達自己的情感吧！但仍有許多進步的空間。

眼睛憑什麼會說話？我認為有兩個時機點：一是伴隨著演說內容，眼神的變化就有強調的效果。基於此，我建議一種很靈動的做法，教練不妨擷取連續劇或舞臺劇的某個衝突情節，先只讓選手聽演員的聲音，背下臺詞後試著演出來，尤其強調眼神的詮釋，之後再讓選手看原劇畫面，比較自己和演員的表演有何不同，學習演員的做法再來一次。

我認為第二個時機點是沒有演說內容時的停頓，眼神可以讓聽眾感受到選手的堅決、自信與涵養。這個部分的練習更容易，平時訓練時可搭配話中停頓的間隙，要求選手依照內容表現出應有的眼神。

我認為，這樣的練習非常重要，因為很多選手演說時敷衍求快，草率應付了事，有了停頓和眼神的訓練，足以使選手心平靜氣、娓娓道來，對聽眾而言更是一大福音。

西方學者講口語表達時，特別關切「目光接觸」（eyes contact）的議題，沒錯！尤其對東方人而言，常常羞於與對方有「目光接觸」，卻被誤會是目中無人，非常冤枉，演說的選手當然不能這樣對待聽眾。

但我們不願只停留在「目光接觸」而已，演說選手和聽眾的「目光接觸」之後，還能透過眼神傳達言語說不了，或來不及說的豐富訊息，這才是我們的訓練目標。

不過，我要特別提醒教練們，不知是否被叮嚀過，有些選手可能怕沒有和評判「目光接觸」，所以長時間盯著一位評判老師，十分駭人，或者是不斷掃視三位評判，不知在找啥，像個雷達似的，非常不雅觀，這種為「目光接觸」而「目光接觸」的行為，實在沒必要。

10.優雅請從「慢」開始

先問問自己，如果您看到一個毛毛躁躁的人，心裡有何感想？如果您看到一個畏畏縮縮的人，心裡有何感想？如果您看到一個嘻皮笑臉的人，心裡又有何感想？大部分的人會感到不太舒服，避之唯恐不及。

那麼，您如果看到一個從容自信的人，心裡有何感想？如果您看到一個落落大方的人，心裡有何感想？如果您看到一個舉止優雅的人，心裡又有何感想？大部份的人會感到賞心悅目，希望更了解他。

試著站在評判的立場和角度，我們就知道自己缺少些什麼了。

不可否認的，「優雅」是一種感覺，是一種整體的展現，某些組成的部分如姿勢、表情和眼神，我們可以分出來單獨練，但「優雅」可不行。

各個組成部分練好了，整體的「優雅」跟不上，也不行！所以筆者建議先練「優雅」，但「優雅」的練法和「姿勢」、「表情」和「眼神」等部分並不相同，要先找一個楷模，整體的揣摩他的神韻開始。

有點像綜藝節目「全民大悶鍋」的模仿秀，但我們不是爲了搞笑，模仿的對象也不能亂找，不能全憑自己的喜好決定。這時，選手和教練要一起討論，依據選手的氣質尋找合適的楷模。

找哪種人當楷模？比如知名演說家、中外政治人物、傳統戲劇角色、當紅的節目主持人……。這些資源很難找嗎？我們可以從YOUTUBE找、從TED演講找、從新聞媒體找、從戲劇節目找、從演說活動找……。

我們曾說過要先找個模仿對象，以他作爲起點，整體的學習他的一切，然後再慢慢發展出自己的特色，當然，「優雅」也是我們學習的重點。

怎麼才能更優雅呢？大家不難聽到許多建議，比如臉上的妝要怎麼化、要梳成什麼髮型、穿什麼款式的服裝、帶什麼配件、路要怎麼走、眼睛要怎麼看、手勢要怎麼擺、該怎麼站最好……。

我覺得用這些來要求演說選手，有些爲難，因爲這是專業模特兒或某職業的需求，演說選手參考其中若干還行，如果照單全收，不免本末倒置了。

我所建議的「優雅」很簡單，就是從「慢」做起，這不是說「慢」就能「優雅」，而是指選手如果「慢」不下來，再多「優雅」的建議也是白搭。令人遺憾的是，因爲許多原因，選手上臺後就是「慢」不下來，所以許多「優雅」的表現就變得很怪，像是刻意做出來的。

因此，當我們要談怎麼「優雅」前，不如先談談怎麼才能「慢」下來吧！演說選手該怎麼做，才能眞正的「慢」下來呢？到底該多「慢」呢？我的建議是先從身，再到心。

換句話說，選手可以先從外在的「氣定神閒」開始做起，慢慢地再要求自己心理上的「從容自在」，而不是先內在外、從心到身的轉變。該多「慢」？就是回到平時的活動狀態，如果選手本身就是個急性子，那就更慢些，我所說的「慢」不是刻意的，而是回到正常狀態，一回到正常的狀態，許多「優雅」的表現才能被充分欣賞，如果還是急匆匆的，有什麼美感可言？！

我認爲，外在的「氣定神閒」可以透過楷模學習，內在的「從容自在」則得由充分的準備和經驗的積累而得，不可能一蹴可幾的。

那麼，有沒有參考的範例呢？當然有，我建議可以參考《世說新語・雅量》裡面風流人物的言行，然後在演說的場合表現出來。

話說郗太尉派門生傳話給丞相王導，想從王氏子弟中選一位當自己的女婿，王導說：「請您到東廂房去看吧！他們都在那裡。」後來郗太尉的門生回來，告訴郗太尉說：「王氏的子弟們都很優秀，一聽到您要來選婿，每個人都刻意表現莊重，只有一人露著肚皮在胡床上斜臥吃餅，好像不知道這件事的樣子。」郗太尉說：「就是要這一位。」後來尋訪才知道是王羲之，這就是成語「東床快婿」的典故。

王羲之不因爲選婿之事而改變自己，依然表現自己平常的名士風流，這就是郗太尉欣賞他的原因，相較於王氏其他子弟而言，王羲之勝在他的「從容自在」。回到國語演說的比賽上，王氏子弟們的「故作矜持」不正是大部分選手的寫照，如果選手有王羲之般的「慢活」態度，也一樣會受到評判的青睞。

如果您覺得王羲之太不積極，甚至有種以退為進、陰謀論的味道，那咱們再找另一個例子吧！謝安在東山閒居時，有次和孫綽、王羲之等人乘船遊覽，突然海風大起，時而波濤起伏，孫王兩人驚恐大叫船夫回航，但船夫見主人謝安心情很好，還詠歌不輟，所以不肯轉向。後來海風轉強，波浪洶湧，大家驚呼走動，不肯坐下來，謝安才慢慢地說：「這樣的話，恐怕該回去了吧！」大家才應聲回座。

這裡的謝安比「東床快婿」的王羲之層次更高，外在的風浪似乎影響不了他的遊興，直到實在無法前進，他依然慢條斯理的表達自己的遺憾，沒有被滔天巨浪所撼動，所以當時人都認為他有安定朝野的能力。

反觀演說場上，太多選手被比賽氣氛和其他選手影響，慌張侷促，完全無法發揮平時練習的成果，這不是很可惜嗎？由此可知，訓練選手從「氣定神閒」到「從容自在」有多麼重要。

11. 能收能放有原則

提到國語演說的「臺風」部分，一定要特別強調「能放能收」的原則，因爲我看過太多誇張的表達方式，不知道教練是想透過選手的行爲驚嚇評判，還是想給評判一個深刻印象呢？

我是常被突然地驚嚇沒錯，深刻的印象是有了，但如果問我這些算好印象嗎？未必！有時「卓越」和「耍寶」只是一線之隔，沒有厚實的內容，單靠誇張的外在表現，恐怕就距離「耍寶」不遠了。

爲什麼會這樣呢？能「放」不能「收」罷了。或許有人會問：「演說不就是要演的嗎？如果不夠誇張，怎麼能脫穎而出呢？」

沒錯！演說的確是要演沒錯，但不一定非誇張不可，而且演的部分是相對的，有動有靜、有張有弛、有急有緩、有放有收……，有了這些變化，才能讓內容更有條理、更富情感的呈現出來，絕對不是靠誇張嚇人了事的。

再具體一點說，根據全國語文競賽的「評分標準」，「臺風」的項目有「儀容」、「態度」、「表情」三個部分，一般認爲，只要這三個部分表現好就行，所以「好儀容」、「好態度」、「好表情」相加，「臺風」就能得高分。是這樣的嗎？恐怕沒那麼簡單吧！

咱們先來聊聊「儀容」。「儀容」看起來很單純，反正就打扮得好看嘛！沒錯，但過猶不及，總是讓人感到遺憾。比如，我在比賽場合看過妝化太濃，服裝太華麗，或者是超乎選手年齡的成熟打扮，相對地，穿著打扮太樸素，無法彰顯選手青春活力的例子就更多了。

我第一次指導上場的教育大學學生，他穿得就是便服，在當時可是創舉，因爲大部分的教育大學學生組選手都穿大學服，所以他的衣服變得很醒目。然而，儘管上衣是黑底亮色系碎花，還有一條圍在脖子上的浪漫絲巾，非常吸睛，我們卻建議他穿深色長裙。

雖然，這是爲了修飾他略嫌寬大的下盤和粗壯的小腿，但上下的亮麗與深沉之間，總算有了相互協調的感覺。

另一個例子是有位膀大腰圓的男性選手，穿了一件直條紋的淺色襯衫，有點緊不太合身，還打了個深色細領帶，感覺起來選手被勒得很不舒服，而且他的腰帶繫不太住熊腰，非常彆扭。

還好，他合身的長褲是深色系，總算比較和諧，但整體看來還是不太協調，尤其他那張揚的頭髮，實在很難算是美觀。

這位選手算是言之有物的，但說話時喜歡左右晃動，而且幅度頗大，我想負責攝影的師傅應該很辛苦，事後我問了場外看直播的朋友，他們覺得有點頭暈，像是暈船的感覺吧！

從這位選手的身上，我們要知道每位選手都有儀容上的優缺點，怎麼發揮優點、遮掩或改造缺點，就是「儀容」部分該努力的環節，我想這位選手還有很大的進步空間吧！

選手參賽的「態度」要積極，這是無庸置疑的鐵律，但如果只是簡單的判斷「態度」積極與否，或者是誰更積極些，這樣的評判也太簡單了吧！不是的，除了參賽的「態度」外，我認爲還有選手對自己演說議題的「態度」，這是什麼意思呢？

如果我們把演說「態度」的範圍放寬，評判的重點顯然就不是積極與否而已，卻是選手對自己演說內容的肯定否定、贊成反對、堅持放棄、對抗妥協、嚮往抨擊、期待失望……等情緒的抒發。評判老師除了聽到觀點的陳述之外，還可以從選手的「態度」獲得強化，這就是演說之所以迷人之處。

我記得有位社會組的選手講「談選賢與能」，五至六分鐘裡一直抨擊現今選舉的種種弊端，憑良心講，許多觀點還是很深入的，所舉的例子也讓人信服，至少我是認同他的意見的。

然而，在演說比賽的場合裡並不合適，我會建議他也講講選賢與能的良善用心，或者是某些積極正面的例子，收放之間，兩相對比，原先否定的部分不是更能被突顯嗎？否則聽衆一直被輪番轟炸，就算一開始是認同的，久了也麻木不仁了。

最後我們來談「表情」。人們總是說，微笑是最好的國際語言，有時能衝垮語言的藩籬，演說時能以微笑示人，的確是爭取評判認同的好方法。但，就這樣一直笑下去嗎？絕對不是個好主意，因爲笑不笑也是要跟著內容決定的。

有趣的是，我還看到不少一開始就愁苦表情的選手，常常一雙八字眉從頭到尾沒變過，快樂的回憶也是、不堪的現實也是、他人的成功也是、社會的冷酷也是，這種一以貫之的表情模板，實在讓我無法融入到他演說的世界裡，有時還以爲這位選手是不是對演說比賽有多大的意見哩！

12. 別被評判的反應影響了

我常在演說比賽看到一種現象，選手一開始講得很好，各方面都可圈可點，一段時間後卻每下愈況，時間還沒到，竟然表現出想落荒而逃的樣子。

後來我問了一下我帶過的選手，據他們說，如果不是突然忘詞或身體不適，那就很有可能是評判的表現影響了他們。

我接著問什麼表現呢？他們說有的評判從沒抬過頭、有的一臉嚴肅、有的不斷上下打量、有的似笑非笑、有的奮筆疾書，更誇張的，有的評判大打哈欠、有的閉目養神、有的若有所思、有的找旁人交談……。

我後來才知道，評判的任何舉動選手都看在眼裡，由於勝負的得失心作祟，評判的行爲都被他們放大解讀，自然會影響比賽的表現了。

評判從沒抬過頭是不是我表現太差？一臉嚴肅、若有所思是不是他沒聽懂？上下打量是不是我穿著有問題？外表、姿勢不對？似笑非笑是不是不認同？打哈欠、閉目養神是不是我講得太無聊？奮筆疾書是不是我的缺點太多？

我們總是很在意這些怪異表現的人，儘管我們無可奈何，卻從不把目光轉向欣賞我們的另一群人、値得我們經營的另一群人。

雖然我們一直希望能討好所有人，卻常常事與願違，因爲討好的對象也是有個別差異的，即便都是欣賞，卻不一定會表現出同樣的行爲。

知道這種情況後，我突然想起自己初任教師時的羞澀。聽說很多新手老師都會信奉「三板策略」，也就是上了講臺寧可看黑板、地板、天花板，也不願看臺下的學生，喔，不！嚴格上說是「不敢」。

人其實是很奇怪的動物，平常口若懸河、語不驚人死不休，一站上講臺，臺下有人盯著看，儘管是一群天眞純樸的小朋友，還是會緊張、羞澀，甚至不知所云。聽說我的一位優質學弟，就算當了兩三年的老師，上臺還是會臉紅，至今傳爲趣聞。

更有趣的是，我創了一個學會叫「語文教材與教法學會」，而且想以學會的名義錄製一系列十五分鐘的視頻，讓研究有成的老師們發表自己的成果，其實我的想法很簡單，語文教育是很實用的學科，透過網路平臺可以讓更多的老師、家長受惠。

後來卻失敗了，除了老師們大都很忙外，竟有許多老師不願意接受拍攝，堅持錄音就好，理由是不好意思，會緊張得說不好，這些老師可是服務幾十年的老鳥啊！可見上臺的緊張心理是普遍存在的。

之前看到一個調查，美國人最害怕的事第二名是上臺講話，第一名則是死亡，更有趣的是有人拿這個調查去徵信，竟有許多人表示如果叫他們上臺，絕對比死亡還可怕。

連生性活潑開朗，小學時期就培養自由發表習慣的美國人都如此，更何況從小被教育崇尚內斂、謹言愼行的東方民族的我們！或許這是爲什麼參加演說比賽的人不多，即使上了臺，也很容易因爲風吹草動而自亂陣腳的原因吧！

既然如此，它牽涉的範圍很多，爲什麼要放在「臺風」裡面談呢？由於選手的恐懼心理，或者是上臺後受到外在情境的影響，不曾受過訓練的，馬上會從「臺風」開始變差，惡性循環之下，「語音」、「內容」等其他項目也會連帶變質，最終導致全盤皆輸，實在很可怕！

所以，我建議訓練「臺風」時要注意這個部分，千萬不要寄望於比賽時平安順利，一切突發狀況都不會發生，相反的，選手要有隨時應變的心態，因爲意外總是會對輕忽的人造成大傷害的。

要怎麼克服選手的緊張心理呢？其實很簡單，就是增加上臺的次數，熟悉這個舞臺，而且勇於面對聽衆，直接和聽衆的目光接觸，絕對不要逃避，逃避是一種習慣，千萬不要養成這個壞習慣，尤其是演說的選手。

習慣面對聽衆，捕捉他們的目光，是進一步說服他們的訣竅，如果選手開始就選擇逃避，不僅自亂陣腳，也談不上自己的演說能不能說服聽衆了。

要怎麼才能面對突發狀況，包括評判老師的反應呢？很簡單，就是習慣可能有的突發情況，一旦來臨，不僅可以繼續暢談理念，偶而還可以加點幽默感，讓人印象特別深刻。

譬如以前的美國明星總統雷根，曾經逃過驚險的槍手暗殺，在不久之後的一次戶外演說時，遠處突然傳來爆炸聲，雷根便在演說中加了一句「沒中！」（Missing），惹得聽衆大笑，傳爲美談。

當然，雷根聽到的爆炸聲不是事先安排的，但爲了選手更好的面對突發狀況，教練可以安排各種突發狀況，讓選手練習處理，就像之前講的菲爾普斯的教練一樣，這些都可以靠練習來掌握的。

我曾在「訓練前的準備」中，特別提到教練可以在訓練的中後期，安排若干演說情境的意外事件，不管是來自選手本身，或是外在環境的，包括評判老師的干擾，都可以適當地加入，這對培養選手應付突發事件的能力，絕對是很有幫助的。

第3章

語音可以悅耳又自信

1. 字正腔圓是基本要求

演說比賽雖然不必講究誇張的聲調，字正腔圓卻是必須的，它就像是一道門檻，用來篩選出不入流的選手，把那些連正確字音都說不清楚的人淘汰。

選手沒做到字正腔圓就不入流？沒錯！至少國語演說是這樣的，當然，這不是指人品或社會地位，而是比賽的資格。

就像蛙式泳賽時，您卻堅持游自由式；國語作文比賽中，您卻用英語表達；素食烹飪比賽，您卻固執地拿葷料做菜……，您可能會說沒那麼誇張吧！臺灣國語也是國語的一種呀！

但是，既然是國語，就有一套公認的規範，臺灣國語不是標準國語，更何況荒腔走板的語音聲調，比名實不符的演說內容更令人髮指，因爲它是第一個傳達給聽衆的訊息，儘管是聲音的訊息。

先別說評判的立場，就連一般人旁聽國語演說的比賽，姑且不論內容爲何，聽到臺灣國語的選手時，難道會認爲他有得獎的希望嗎？更偏激的聽衆，會以爲他是特別派來耍寶，取悅大家的。

一旦賽後公布他眞的得獎，恐怕再也沒有人相信這個比賽的專業性、公平性了，評判老師更知道其中的利害關係，所以怎能不在意這個重要的環節呢？

您的選手說話時字正腔圓嗎？請注意！字正腔圓和音色悅耳是兩回事。

不用懷疑，專業的評判老師分得很清楚，他們一面會肯定選手音色悅耳，一面也會指出選手的奇腔怪調。

「音色悅耳」或許是天生的，「字正腔圓」卻是靠後天不斷練習的。很可惜，我們的選手大多無法做到字正腔圓，這是因爲缺乏有意識的長久練習。

還好，選手們大概都知道正確的字音該怎麼唸，只是平時不注意，總是忽略罷了，或者是積非成是，就從俗了吧！

演說比賽不可以從俗，更不能因陋就簡，堅持原則的人才有最後的收穫。

要怎麼練呢？習慣性的荒腔走板是長期的自我放縱，想要扭轉的話，很簡單，就是長期的自我要求，習慣性的字正腔圓就出現了。

平常，我建議選手每天讀報三十分鐘，一開始不求快，速度放慢一字一句的唸正確，然後再加快速度，當然也要唸得正確才行。

尤其特別注意「ㄌ、ㄖ」、「ㄕ、ㄙ」、「ㄔ、ㄘ」、「ㄈ、ㄏ」等字音的混淆現象，以及某些上聲變調的情況，還有每個詞或句子的最後一個字音要發完，而且聲音不要突然變輕或虛掉……。

平常說話也要注意字詞音調，教練要求選手上臺練習要字正腔圓，平常與人聊天、也要字正腔圓，和選手相處時，不妨練習聽出其他人字音的問題，自我要求，久而久之就能內化、深化，成爲自然而然的發音習慣。

有的教練會鼓勵學習大陸普通話或北京腔，刻意把翹舌或捲舌音發得很誇張，或者是把一七八不、連音和儿化的語音特別拿來強調。我認爲不必如此。因爲現在的普通話、北京腔與國語的要求已經不大相同，語文教學中許多如一七八不和儿化韻也不太強調了，咱們畢竟不是朗讀，達到基本要求就好，實在不需要東施效顰，太誇張反而會造成負面效果。

有什麼負面效果呢？其實我們自己可能就有所體會。當許多大陸友人或遊客來臺，面對他們講的普通話，您有什麼感覺呢？恐怕很不習慣吧！普通話和正統的北京腔還是有所差別的，卻無疑的已經達到了對岸字正腔圓的要求，難道您要學這種腔調上臺演說嗎？

當然不必！咱們國語自然有一套字正腔圓的標準，從小學入學時就開始慢慢建立，不必學大陸的。當然，臺灣國語在這套標準下也無所遁形，所以要特別注意。

除了平常的自我精進外，選手觀賞歷年比賽影片時，您也可以要求他指出影片中音調的錯誤之處。選手上臺練習時，您不妨把過程錄下來，事後再與選手討論他們的音調有何問題，力求下次不會再犯。

切記！千萬不要覺得「字正腔圓」無關緊要，也別太相信只是口頭告誡，選手就能立刻改正，以後絕對不會重蹈覆轍，畢竟習慣不是一朝一夕養成的，也不可能一朝一夕就扭轉過來，絕對需要時間慢慢改變的。

作爲教練的您要謹記，「一傳衆咻」的成語已經道出巨大環境影響力的眞相了，您還能安心嗎？！

2. 誇張的聲調早已落伍

我們以前常拿演說比賽的場景開玩笑，因爲演說比賽就好像是一場場誇張的聲音和動作秀，任何人上臺都得像打了雞血似的，怎麼誇張怎麼來。

有人模仿選手誇張的語調說：「各位評判先生……」，一定惹來哄堂大笑。

爲什麼笑？因爲像唱戲的。沒錯！我們小時候認爲演講和唱戲一樣逗趣。

在以前，朗讀和演說比賽幾乎沒有差別，如果沒看臺上的選手，同樣誇張的聲調變化、刻意的咬文嚼字，在細聽內容之前，兩類比賽的選手似乎都想用聲調震攝住評判，認爲這樣就能攫取高分。

每每看到影片中選手們誇張的講，臺下不住的點頭贊同，我總在想：「這是個多麼上下一心的時代啊！」，平常，卻從來沒聽過有人這麼演講，不管偉人、名人、演說家、各行各業菁英……，誰都不會這麼展現自己。我知道了，這是一種語言的表演而已。但，這是演說比賽的目的嗎？我們要孩子以後變成只會表演的人嗎？

時代變了，過去的那套也跟著變了，如果誰還在演說比賽時強調這些，他可能是過去穿越來的，也可能，是從朗讀比賽那邊偷渡過來的。

說到這裡，有些人可能質疑我是不是否定聲調的重要性？當然不是，先別說上臺演說，就連私下談話的場合，尤其是歡樂、憤怒、祈求、抱怨、挑釁、質疑等具有明確情感色彩的表達，沒有聲調的輔助斷斷不可，我反對的是誇張的聲調變化，是裝出來的那部分。

爲什麼不再用誇張的聲調？很簡單，現在的演說通常以內容取勝，不是靠聲調嚇人，即使朗讀比賽，誇張的聲調也是爲了內容，不刻意爲之。

事實上，「抑揚頓挫」中的「抑」和「揚」就是聲調的變化，但誇張的聲調變化不是，雖然表面上仍是「抑」和「揚」的表現，卻是刻意爲之。不是完全能貼合演說內容的「抑揚頓挫」表現，這種東西我們不要。

誇張的聲調常出現在幾個時機，容我一一道來。首先，誇張的聲調最常出現在開口的前幾句話，從「各位評判先生……」起，選手就慷慨激昂地像高呼「壯志饑餐胡虜肉」的氣勢，十分具有震撼的效果。

我非常理解這種行爲背後的動機，無非就是讓評判感受到選手的熱情，一開場就給評判好印象，接下來說的，可能就更容易被接受、贊同。但事實是這樣嗎？恐怕未必！

因爲驚嚇評判不是個好主意，一開始氣勢如虹，接下來恐怕難以爲繼，一場演說少則四至五分鐘，多達七至八分鐘，可千萬別上演「一鼓作氣」的「再而衰」、「三而竭」的悲劇，聲調的變化要整體經營才是。

其次，許多選手習慣在演說過程中突然提高聲調，令人感到莫名奇妙。我們常常讚美好的小說要跌宕起伏、高潮迭起，其實也可以用在演說內容的經營上。沒錯！但那是內容，不是聲調，儘管聲調應該隨著內容而起伏，卻絕非任意妄爲，或是天外飛來一筆。

更重要的是，除了隨著內容而起伏的聲調外，按照聽覺的感受而言，語音突然變強或變弱，或是無預警的高低起伏，很容易造成聽者的驚慌、不快甚至煩躁等的情緒反應，讓評判有負面感受，這對選手可不是好消息。

因此，我建議選手不妨根據內容的鋪陳，從一般到漸強、最強，或從一般到漸弱、最弱，有強弱對比，強弱也出之有序，對聽者而言才是福音。如果是想刻意造成情緒反差，偶而突強突弱也無妨，卻得視內容而定，當然次數也不宜太多，眞的別太多！

再者，我發現選手喜歡在對仗和排比的句尾、一段論述結尾、所有內容結束之處，刻意抬高聲調，甚至是誇張的大揚聲調。這種作法其實無可厚非，三個部分抬高聲調有強化的效果，而且可以增加聽衆對說者的認同感，我比較有意見的是突然和誇張。

選手企圖運用聲調製造效果前，第一個考慮的應該不是如何上揚或下抑，而是注意揚和抑的相對性，試圖取得平衡，否則對聽衆來說還是不舒服。因此，我建議想在這三個部份的結尾用高揚的聲調前，選手要先問自己低抑的聲調要在哪裡相對出現？相反的狀況也是，這樣才能取得平衡。

3. 想不想擁有個好聲音？

這個問題幾乎是廢話，因爲所有人都希望有個好聲音吧！儘管好聲音的範圍很寬，許多廣播媒體、電視電影的專業播音員，他們的聲音當然沒話說，非常棒！但沒有那種得天獨厚的音質和訓練，我們就不可能有好聲音了嗎？當然不是！從不同角度來說，或許以我們天然音質爲基礎，略加訓練後的成果，其獨特性或許比千人如一的播音員更有吸引力呢！

要怎麼擁有好聲音？可以從消極面和積極面來說，缺一不可。在消極面上，演說選手得好好保護自己的聲音，而且是從日常生活開始。

還記得以前我有個女性選手常常聲音沙啞，經查證既沒有感冒，也不是天生如此，讓我很奇怪，後來了解原來是她個性外向，很喜歡聊天，說話又是大嗓門，只要前一晚在宿舍聊太久，第二天就聲音沙啞。

太常講話或大聲喧嘩會造成聲音沙啞？沒錯！喉頭和聲帶是人體的器官，當然會累，過度使用它們，不疲勞才怪！如果知道了還是堅持糟蹋下去，沙啞的聲音恐怕就很難恢復了，所以歌手、老師和宣傳人員如果沒有好好保養，或是發聲的方法有誤，聲音很容易沙啞，甚至喉嚨長了一些繭或息肉，難免捱上一刀。

吃一些刺激的東西也會聲音沙啞，辛辣的食物如辣椒醬、麻婆豆腐、麻辣火鍋等等，在享受辣味帶來的痛感刺激後，除了腸胃的後續問題外，聲帶和喉嚨算是馬上遭殃，聲音立刻完蛋。

其他如菸、酒等刺激物也是，香菸的危害固然不在話下，喝酒也是，酒精度數低的如「溫水煮青蛙」，沒有明顯感覺，像高粱酒之類的烈酒，入口後喉嚨的灼熱感從口腔、食道一路下去，非常明顯，隨後聲音上有何變化，大家可想而知。

還有感冒也是造成聲音狀況不佳的主因，如果症狀出現在耳鼻喉之上，非常不舒服，大家應該都有類似的經驗，如伴隨著劇烈咳嗽，情況更糟，所以想要自己的聲音好，身體的保健非常重要。

不僅如此，如果我們睡不好，喜歡吃大魚大肉、喝冰冷飲，新陳代謝出了問題，就容易形成中醫所謂的「痰飲」，先別說身體潮濕造成的各種症狀，講沒幾句話就喉嚨有痰，您說聲音還會好聽嗎？這也是我們要注意的。此外，如果常常大力咳嗽或清痰的人，喉嚨和聲帶也容易受損，說起話來聲音會怪怪的，演說選手得特別注意。

以上是消極面的，接下來咱們聊聊積極面的部份。其實每個人都有自己的音域，和親友去KTV唱歌時就能體會到。因此，我建議不要刻意去挑戰過高或過低的音域，因為這些舉動很容易傷到喉嚨和聲帶，挑戰高難度的聲音也不會好聽的。

那該怎麼做呢？很簡單，用自己最輕鬆的方式發聲，而且儘量練習用胸腔共鳴，不必壓低音高，這麼一來，男聲固然渾厚有力，女聲也能飽滿豐潤，而且完全不傷害喉嚨和聲帶，聲音會非常好聽。

很多人說話含混不清，或者是聲音扁扁的，聽起來不悅耳，或許問題就出現在口腔內部。我們說話時不必張個血盆大口，但口腔內部得好好講究一下，比如上下牙槽要打開，否則咬著牙講話，聲音會好聽嗎？

有的人講話很緊張、急促，聲音變得扁平、沙啞，可能是喉位不穩定的原因，所以練習著把喉位放低是好方法。怎麼做呢？體會一下打哈欠的感覺，那時喉位就是低的。

另外一種讓聲音圓潤的方法就是提軟顎，「軟顎」位於舌頭的上方，歌唱家常訓練提高軟顎，口腔內部就像個立蛋，以求聲音的飽滿圓潤。這是什麼感覺呢？當您緩慢、完整地唸完「好」這個字，體會從舌尖到舌根的進展，整個口腔內部的變化就是了。

其他如不要讓語句的尾音都揚起，說話的節奏和斷句要明確，不要氣急敗壞的講話……等，都是讓自己的聲音好聽有特色的訣竅。但是，這些都只是觀念而已，演說選手還是要不斷練習才行，而且最好是找個揣摩的對象，如果音域和自己接近的，學習的進展更快。

最後，我想模仿化妝品廣告用語「沒有醜女人，只有懶女人。」對演說選手而言，應該是「沒有難聽的聲音，只有不想讓自己聲音變好的選手。」。

4. 氣足而後語音變化自如

演說是一種口語的傳播方式，正因如此，包括「發音」、「聲調」和「語氣」綜合而成的「語音」表現，乃是選手們表情達意的主要媒介。一場比賽下來，隨著演說內容的發展，語音也要有許多相應的變化，什麼是支撐這些變化的動力呢？就是選手體內源源不斷的「氣」了。

什麼是「氣」？我們每天一呼一吸的都是「氣」，「氣」是生命的必需品，取自天地間的空氣，還諸天地也是空氣。但是，空氣吸入體內成爲「氣」之後，它不僅是生命的元素，更是一切行動的發電機，說話聊天就是其中最明顯的表現，沒有「氣」，我們說不了話，更不可能透過多變的語音與人溝通。

「氣」足不足，可以看出一個人的健康狀態，更具體表現在說話的語音表現上。比如我們聽一個人氣若游絲，大概可以判定他的健康不佳，想聽清楚很吃力，更別說與他互動溝通。

因此，「氣」可以表現出一個人的「生命力」，從演說來看，「氣」更是選手「表達力」和「說服力」的重要指標。

既然如此，選手的「氣」能練嗎？當然可以。練好了「氣」，選手不僅身體健康，生理影響心理，對比賽將深具信心，與此同時，在充沛的「氣」支援之下，語音的表現可以隨心所欲，搭配內容做各種變化，這是所有演說選手都夢寐以求的狀態。

我認爲，選手練「氣」時可分爲兩大環節：一是學會怎麼正確呼吸，二是學會怎麼控制節息。

在古代，如何呼吸的方法稱爲吐納之術，這可是道家養生成仙的密技，成不成仙是個人信仰和機遇，養生卻是人人可以掌握的。那麼，我們該怎麼正確呼吸呢？其實一點都不難，就是我們日常聽到的「深呼吸」而已。

其實呼吸是本能，很自然的動作，不必學就會，「深呼吸」可不是，是要講究要領的。事實上，各種宗教、家派的吐納之術都有獨到之處，我只講咱們演說教練們最常用的，就是把「呼吸的時間加長」和所謂的「腹式呼吸法」兩種簡單的訓練技巧。

「呼吸的時間加長」是「深呼吸」的基本要求，「呼吸」之所以「深」，「氣」要能沉、要能穩，呼吸的時間太短，根本不可能達到這樣的要求，更何況呼吸的沉穩與否，往往和健康、個性、處事態度有間接關係，「氣急敗壞」就是個最好的例子。

怎麼加長「呼吸的時間」呢？我建議用「數息」的方法。我們先觀察自己呼吸的狀況，然後用一二三四……來數「呼」和「吸」的時間，比如氣不足或調整不好時，一開始數我們就「呼」完或「吸」完氣了，沒關係，下次有意識的增加就好。

當然，數數的速度不能太快或太慢，而且在一般的狀況下，「吸」的時間不可能長於「呼」，長「呼」之後，「吸」氣的時間可以更長些。

接下來是「腹式呼吸法」。我想大家應該都知道什麼是「腹式呼吸法」了，它最明顯的特徵是吸氣時腹部脹起（橫膈膜下移），吐氣時腹部扁收（橫膈膜上移），武俠小說中的「氣運丹田」就是這種呼吸方法，「丹田」在肚臍下方三至四個指距處，呼吸時意念集中於此，腹部隨之脹縮。

其實，腹部根本沒有氣管和肺葉，怎能吐納空氣？聲音得靠喉嚨震動才能產生，怎能只靠丹田發力？這是一種轉換的技巧，配合橫膈膜的移動，運用意念將「氣」加以引導和利用的方法而已，正是這種功法，我們就可以免除用肺部壓氣，再以喉嚨嘶扯的費力又雜噪的聲音傳達方式。

最後，我們再來談談怎麼控制氣息。一場演說下來，雖然在不斷的呼吸下可以保障「氣」源源不斷產生，但單位時間內如果需要比較大的語音變化，比如連續長句、聲調高揚、語氣激昂時，氣息的有效控制就非常重要了。

簡言之，如果我們懂得控制氣息，就能蓄積充分的「氣」，拿來做較長、複雜、多樣的語音變化，反之，則難以達成。

我建議模仿韓劇「大長今」中長今在接受醫女訓練時，醫學教授申主簿要他們早起出去散步，吸氣時走五步，呼氣時走十步，中間不能換氣，這是吐故（濁）納新（清）的養生之法。我們不妨嘗試一下，延續上述加長呼吸時間的做法，吸氣時默數一至五，吐氣時至少從一數到二十，能延續到二十五至三十更好，中間不能換氣，長久練習下去，自然能養成控制氣息的習慣。

5. 適當的停頓妙用無窮

我不斷強調「停頓」是有原因的，並不是常識中「抑揚頓挫」本來就該有「頓」的部分，而是太多選手說話像機關槍一樣，沒有停頓，讓我聽得喘不過氣來，所以特別提醒，免得選手也這樣折磨評判，這可不是件好事。

不過後來的指導經驗中，我卻越來越琢磨出「停頓」的妙用眞是不少，所以特別提出來與大家分享。

「停頓」的第一妙用是體貼聽衆，我一再強調任何演說家都會體貼聽衆的，投桃報李，聽衆也會給予同樣的積極回應。身處於激烈競賽中的選手，如果不懂得這個道理，豈不如同抱薪救火，只能離獲獎的目標越來越遠！

對評判而言，這樣的體貼絕非是聽覺的感受而已，如果想深入思考和品味選手的內容，在這短暫的幾秒鐘內，就足夠了。難道選手不想讓自己的辛苦準備聽進評判的耳中嗎？當然想，那就適時的「停頓」吧！

或許會有些選手刻意藏拙，不想「停頓」，一氣呵成豈不更好？很抱歉，一站上講臺，就沒有藏拙一說，取消了「停頓」，不僅藏不了拙，反而盡顯困窘，演說一開頭就已經認輸了。

「停頓」的第二妙用是爲選手贏得時間，抽題後的三十分鐘準備時間裡，扣掉思考醞釀，根本不可能完成一篇演講稿，頂多只是演說的大綱而已，訓練有素的選手就可以充分利用「停頓」的時間，爲自己的演說內容作最後潤色。

或許有人質疑才幾秒鐘的時間，怎麼可能？當然可能，我就是這樣的人。平常上課前我會準備好授課內容，但臨場時靈光一現，常常產生連我自己都想像不到的效果。試想，如果我只是照本宣科，沒有「停頓」時間的緩衝，可能會有意料之外的表現嗎？

國語演說的條件比上課更嚴峻，任何一位選手都不可能充分準備後上臺，因爲即席演說比的就是臨場反應力。因此，誰能在同樣的狀態下創造更多有利的條件，也就贏得更多充分準備的時間，這是無庸置疑的。

那麼，幾秒鐘的「停頓」能做什麼呢？我認爲可以調節三個方面：一是安排內容和架構，二是依據所剩時間有所取捨，三是規劃接下來的詞語和聲調。

講到這裡，可能又有人認爲我是胡吹亂蓋的，怎麼會呢？上臺前的三十分鐘已經有了大綱，「停頓」的幾秒鐘只是在這個基礎上安排、取捨和規劃，又有什麼困難呢？不過這是指受過訓練的選手而言的。

「停頓」的第三妙用是和聽衆眼神交流，調整自己的心態和後續行動。誰都知道，演說不只是完成一份工作，照表操課，做完就好，演說是技巧的展現無疑，目的卻是說服聽衆，完成既定的傳播使命。因此，演說者不可能對聽衆視而不見，也絕不會在了解聽衆反應後，仍固執的堅持自己的做法，不願做任何的調整。

「停頓」就有這個妙用，不是說不能邊講邊與聽衆眼神交流，邊講邊調整自己，而是在短短的幾秒鐘裡，讓動態的活動得到沉澱，讓說者與聽者間直接用非語言的方式交流，說者從聽衆的眼神中得到回應後，才能回過頭來調整自己演說的心態和行動。

試想，如果沒有這片刻的「停頓」，即使說者時刻觀察聽者的反應，未免不夠眞誠，看到的也是浮面的感覺，一旦停下腳步，聽說雙方的非語言交流才可以更深入地進行。

古人常把「動」與「靜」相對，然後強調兩者辯證性的存在價值。國語演說正是如此，我們一直關心怎麼做，要製造什麼效果，一旦有了「停頓」來調節，才算眞正搭起雙方友誼的橋樑，這對說者和聽者而言，都是很有意義的。

我認爲就像繪畫中的「留白」一樣，它不是技法上的缺憾，而是畫家有意爲之的精彩，畫家和看畫者都能在其中自行揮灑無窮的想像。

其實不只繪畫有「留白」，舉凡文章、書法、音樂、建築，甚至是人生，都能透過「留白」獲得不同的感受和驚喜，演說也是一樣，「停頓」就能創造出「留白」的效果，如果選手善加利用的話，絕對能引發出意想不到的創意和聽覺感受。

6. 聊聊抑揚頓挫的「挫」

根據教育部辭典的解釋，抑揚頓挫的「挫」是「轉折」的意思，「形容詩文作品或音樂之聲響高低轉折，富變化又有節奏。」這種說法您滿意嗎？您知道怎麼轉換成演說的訓練項目嗎？

事實上，抑揚頓挫中的「抑」、「揚」、「頓」比較容易解釋和練習，唯獨這個「挫」，姑且不說它的訓練內容，恐怕連定義都有不同的看法，這就是我們專列一節討論的原因。

如果我們採用教育部的解釋，「抑」、「揚」、「頓」絕對是「造成富變化又有節奏」的重要因素，既然如此，那麼「挫」扮演了什麼角色呢？在演說時，它又怎麼產生「轉折」的效果呢？無疑的，這兩個問題是我們希望開發「挫」的作用前，要先有所體認的觀念。

首先，我認爲「抑」和「揚」是字音和聲調的高低，如果句子裡交替出現，甚至是句組間使用，都足以造成語音「高低變化」的效果，這是無庸置疑的。至於「頓」是指停頓而言，它對演說的貢獻很多，前文已有闡釋，它的調節、轉換功能則顯而易見，對語句的「節奏」是有貢獻的。

問題來了，「抑」和「揚」同是聲調的範疇，「頓」是調節、轉換，有不同於前兩者的獨立範疇，那「挫」又是屬於什麼範疇？它造成的「轉折」，是有助於「變化」還是「節奏」呢？

在我看來，「挫」既有益於語句「變化」，也可更細緻的創造「節奏」的效果，但它的功能又與「抑」、「揚」、「頓」不同。相較於「抑」和「揚」注重字音和聲調的高低，我覺得「挫」應該是放在每句的字數多寡之上，所以它是字數的「變化」，而非語音；和「頓」相比，「挫」形成的「節奏」效果更強，主要還是因爲字數的變化所致的。

因此，我認爲「挫」和「抑」、「揚」分屬不同範疇，卻一樣有助於「變化」，和「頓」相比，關注的點也不同，但節奏性更強，這是理所當然的。

接下來我們就可以思考第二個問題了。「挫」的「轉折」功能是表現在哪些方面？怎麼化爲訓練的項目呢？我剛剛把「挫」界定爲字數的多寡，所以「變化」、「節奏」還是指口語的表達效果而言。這麼一來，「挫」的存在非常清楚，選手在演說時，只要按照字數多寡交錯使用就行了嗎？

這種想法沒有錯，但我更建議把「挫」獨立出來，思考一下它對演說的內容和聲響有何啓示。呼應我們先前一直強調的觀念，任何經營語音效果的決定，都必須以著重突顯和有效傳達內容爲原則，「抑」、「揚」、「頓」也不例外，我已經在專文中有所闡釋，同樣的，我們思考演說時「挫」的功能，絕對不該自外於這個大原則的。

因此，我把「挫」的「轉折」功能放大，除了原有因爲字數的多少，所造成口語上的長短變化外，還有意義上的「轉折」，也就是把「挫」的語音和意義轉換功能加進來，而且擴及整個演說過程。

此外，爲了更好的突顯內容，聲調的表現也應該交錯變化，不僅限於單字單句，全場演說都要好好經營。唯有透過語音聲調不斷的「轉折」，讓內容更具吸引力，聽衆在聲音的引導下更好的接受內容的精華。

平心而論，「抑」、「揚」、「頓」、「挫」是口語表達的獨特技巧，其中，「挫」又是重中之重，依照前文的分析，包括每句字數長短的交錯、句子意義的轉折和聲調的變化呈現等皆是，正是兼具形式和意義的多元變化，便可讓聽衆有更豐富的聽覺感受。

對演說選手而言，爲了做出「挫」的效果，只是很單純的表達演說內容是不夠的，應該還包括講什麼、怎麼講，和聽覺的感受如何都要考慮。進而言之，選手所要經營的範圍就不只是停留在段落或句組，而是更細緻到句子本身的形式和意義了，這是我要特別強調的部分。

或許我們可以誇張一點的說，「挫」對演說的最大啓示是「最該堅持不變的原則，是持續改變」。當然，我們絕不允許爲變而變、毫無目的的性的譁衆取寵，一切改變是爲了內容，合理的改變既順應人們聽覺的需求，又完成表情達意的目標，我們何樂而不爲呢？！

7. 演說時共鳴位置的問題

「人體就是個大音箱」，這是學聲樂的常識，其實也是一種物理學的基本原理，上臺演唱需要講究共鳴，才有好音色。同樣的，咱們演說需要把聲音做最好的發揮，所以您也該好好的思考一下共鳴的問題。

我記得以前聽人說過，如果找到「共鳴點」，聲音可以變得好聽，而且傳得遠，後來看了書，再實地嘗試一下，聲音的確變得好聽沒錯。但，能不能傳得遠恐怕很難說，因為環境的大小、建築材質、溫溼度、傳遞介質，以及聲音的高低、音量強弱、語調變化等等，都是重要的因素。

我那時最關心的是「共鳴點」，心想如果能幫選手找到「共鳴點」，那不就萬事大吉了？至少是「語音」這個環節吧！所以我請教了不少人，可惜都沒聽懂，只是懵懵懂懂的知道好像是在眉心左右，只要能從那個地方找到共鳴點，就算是成功了。對我來說，這個說法還是很抽象，眉心沒有出口，怎能傳出好聽的聲音呢？奇怪！

原來「人體就是個大音箱」，像彈吉他時音箱的作用，人一旦發出聲音，共鳴的現象就發生在好幾個中空的腔體裡，由上而下有「頭腔」、「鼻腔」、「口腔」、「喉腔」和「胸腔」等五個腔體。如果想要體會一下什麼是共鳴，很簡單，平常講話時將手掌平貼胸前，靜心感受，那份震動的感覺會傳到手掌中，在幾個腔體中迴盪的，那就是共鳴了。

透過這個簡單的體驗，我們就可以知道幾個現象：一是所謂的共鳴不需要刻意去做，只要發出聲音就能共鳴；二是共鳴通常不會發生在單一部位，剛剛提到的五大腔體都有共鳴。因此，我認爲根本不必做什麼動作，只要發出聲音就自然有共鳴，也根本沒有啥確切的「共鳴點」，胸腔以上的四個腔體都能共鳴，不會單獨發生在其中之一。

那麼，演說的選手還需要知道共鳴的位置嗎？當然，就是爲了讓自己的聲音更優美。研究指出，如果我們發的是高音，頭腔的共鳴狀況很明顯，大概佔75％，其他的腔體則相對弱些（25％左右），由上而下，發出低音的時候，胸腔的共鳴則更多一些，大概佔75%，其他的則佔25%左右。

選手運用中音時就要小心點，因爲鼻腔和喉腔如果不當共鳴，不管無心或刻意，很容易有怪腔怪調的情況，比如感冒時說話鼻音和喉音特別重，就是因爲兩個部分發炎或黏液所造成的共鳴異常。當然，如果是刻意的，我們也不難聽出來其別有用心的。

知道這些物理現象後，選手要練些什麼呢？我認爲，教練要先了解每位選手的音域，比如一般男生，小學的暫且不論，聲音大多比較低沉，或許就先習慣胸腔共鳴的方法當作基調。

隨著抑揚的聲調變化，偶而讓高音共鳴於頭腔之中，伴隨著鼻喉腔的中音交替出現，無論低中高音，就能達到趨近完美的共鳴，提高音色的優美程度。

我建議女生也是，無論音質多細多高，還是以胸腔的低音共鳴爲基礎，再發展中、高音的其他腔體共鳴技巧爲宜。爲什麼呢？依照我的經驗，演說常常是女孩子的天下，但有些女孩高尖細的音色讓人受不了，高來高去，虛無縹緲，感覺很不踏實；有時氣若游絲，輕語呢喃，根本聽不清楚，令人苦惱。

正因為他們已經習慣頭腔共鳴，或者是氣弱聲小，無法造成充實的共鳴效果，練氣固然是刻不容緩，但至少胸腔的共鳴可以加強。須知，女生練習低音的共鳴無損於原本音色的柔美，卻更增加聲音的厚實度，我相信這就是練低音共鳴的妙處。

選手練習高中音時，就很自然地會感到不同腔體的共鳴感受，但過程中千萬別在鼻腔和咽喉施力，免得造成怪腔怪調的聲音，共鳴的結果反而更糟，對聽眾而言是個大折磨。或許有選手會問：「我感覺不到共鳴怎麼辦？」不可能，教練不妨讓他把手放在鼻子、脖子和胸口感受一下，在練習時選手也可以伴隨著觀想實做，效果也不錯。

最後我要提醒的是口腔，聲樂家演唱時總是大張其口，而且口型變化非常豐富，您說他在幹嘛？很簡單，就是把口腔也當作共鳴器，再利用嘴型的變化製造出不同的美聲而已。

反觀許多選手似乎懶得開金口，實在很奇怪，難道是為了形象問題？好像沒這個必要吧！演說演說，選手又表現得一副不想說的樣子，積極度上已經被扣分了，更別說想靠口腔製造悅耳的聲音了。

8. 最怕的是每句都拖長音

身爲評判，我很怕聽到選手把每句都拉長音，沒錯！就是每句都拉長音，不可思議吧？！我不知道這麼做的用意是什麼，但感覺就像坐在划槳的小舟裡，盪來盪去的，快暈船了。

又回憶起小學和同學一起念課文，誰也不能快，慢下來當然不行，每一句課文都相同語速、相同語調、相同音色、相同長音……，突然感覺很舒服，似乎很快就要進入夢鄉了。

很神奇吧！每句都拖長音竟然同時讓我暈船，又有想舒服入睡的感覺，既然如此，我爲什麼還怕聽到呢？因爲那是演說比賽的場合啊！我應該專心聆聽選手的演說內容，綜合評價他的一切表現，怎麼反而被似暈似夢的感覺控制了呢？

這固然是我該檢討的地方，但選手讓評判有這樣的反應，會對自己的比賽成績有任何幫助嗎？

我們再回到平常的人際對話之中，每句都拖長音是種常態嗎？當然不是，除了某些官方、正式的場合，我們與他人平常的對話中，每句拖長音的狀況反而很少見吧！原因很簡單，我們在對話中想要表達的思想情感，總是基於某些熱情、動機、期待或立場，所以希望每個句子以最靈動的方式傳達出來，就算是拖長音，也是有所爲而爲的。

此處，我想特別強調話語節奏的問題。先說個往事，我以前曾經被抓公差去當祭孔的司樂，凌晨三點多就得到孔廟集合，穿上古代宮廷的樂師服，管事的發給我和同學各一支北簫，那玩意兒很長，不太好吹，我身處其中，終於知道「濫竽充數」的眞諦了。

我一翻開樂譜，還好是我看得懂的簡譜，但細看之下，一個音節有四拍，每個音至少有兩拍，有個甚至長到四拍、六拍、八拍的，我的老天，我本來就不是學吹管樂器的，哪有那麼長的氣！所以和同學約好各分擔一部分，有聲音就行。

慚愧之餘，我知道了古代宮廷的音樂崇尚莊重，所以音符的變化不多，每個音也儘量舒緩拉長，盡顯雍容華貴的氛圍，《論語》中所指的「鄭聲淫」和現代音樂的激昂多變，大概就是反例了吧！

因此，我想強調的是句子不是不能拖長，如果內容有這個需要，比如宣示、強調和歌頌時，選手當然要這麼做，尤其像國慶典禮的司儀或主持人，每一句都是這樣的表現方式，可見一斑。

那麼，除了句尾拖長音，語句的節奏還可以怎麼處理呢？除了可以運用長短句式和語音輕重外（這個部份本章將另文討論），我建議可以採用快慢搭配和點線替換兩種節奏變化的方式。

語言節奏的快和慢，當然和語速有關，但我們一般所討論的語速比較偏整體，也就是說這位選手語速偏快、那位選手語速偏慢，或者是說這部分語速快、那部分語速慢。我們這裡講的語言節奏比較細，主要是從小單位語句的速度而言，換言之，我們會說這句的節奏快點、那句的節奏慢點，而不會就整篇演說內容或某一大段落的節奏講快慢，我認爲這正是語速和節奏的差別。

口語節奏的快慢，往往能刺激聽衆的情緒反應，聽衆在快慢交替的敘述中，就能充分感受演說者的情感變化，從而受其影響。

比如我們舉《諫逐客書》中一開始的「昔穆公求士，西取由余於戎，東得百里奚於宛，迎蹇叔於宋，來邳豹、公孫支於晉。此五子者，不產於秦，而穆公用之，並國二十，遂霸西戎。」如果以口語節奏來說，從「昔穆公求士」，一直到「公孫支於晉」，李斯講的是史實，節奏可以越來越快，但到了「此五子者」之後，節奏就該放緩，「遂霸西戎」甚至可以拉長語調，因爲這是他的小結論，希望秦始皇反思認同之處。

這一快一慢之間，透過節奏變化所產生的聽覺效果，便可帶給對方豐富的刺激。

接下來是所謂「點線替換」的節奏方式。我記得以前帶選手時，其中一位引用了「養天地正氣，法古今完人。」的名言佳句，我開始聽的時候覺得這兩句不錯，但總感到少了些什麼，沒辦法把這兩句的雄渾氣勢展現出來。

後來我們嘗試了幾次，包括音量加大、拖長音等，在試過斷句後，終於把那種感覺表現出來，變成了「養，天地正氣；法，古今完人。」簡言之，「養」和「法」都是動詞，變成「點」的節奏後，恰好展現一往無前的氣勢。相對的，「天地正氣」和「古今完人」是動詞的對象，不能再分，而且有標竿、理想的意義，最適合用「線」的節奏，以供聽眾參與嚮往思慕之情。

事實上，選手採用「點」的節奏方式時，除了在聽覺上造成某種跳動、活潑和輕靈的感覺，透過這種表現方式，加長字與字之間的停頓，也可以突顯內容中的重要觀念或口號，讓聽眾明確接收到演說者的意圖。

9. 拜託字音聲調不能偷懶

字音、聲調能偷懶嗎？當然能！只不過我寧願相信選手們不是故意的，因爲這對得名沒有任何幫助。那麼，爲什麼會這樣呢？我相信這是一種說話習慣，不自覺的。非常慚愧，指導學生之後才發現我自己也是如此，而且大部分的人講話也是這樣，所以應該是平常說話的習慣。

通常，人們說一個詞發出的語音輕重不同，比如「臺中市」，念出的語音就是「平」－「輕」－「重」，另一種說法是「臺」字次重音，「中」是輕音，「市」則是最重音，這是平時說話的習慣。

那麼一句話或一段話呢？我們卻習慣把最後幾個字音虛化或講不清楚，往往一句話的語音清晰程度是「最清晰」→「清晰」→「模糊」，或「清晰」→「最清晰」→「模糊」。

譬如選手講了一句：「我不敢相信這是眞的。」如果沒有注意，很容易把「我」、「不敢相信」講得很清楚，而且加重音表示強調，相對來說，「這是眞的」就突然音量降低，有時「眞的」變得氣若游絲，聽起來含混不清。

但是，這句話中的「我」和「不敢相信」只是傳達主體和動作，「這是眞的」才是這句話的核心意義。想像一下，如果評判老師把「我」和「不敢相信」聽得很清楚，「這是眞的」卻模糊不清，心裡該有多著急，會不會因而降低對後續內容的興趣，恐怕很難說了。

爲什麼會這樣呢？先撇開說話「虎頭蛇尾」的習慣不管，我認爲可能有兩個原因：一是氣不足或氣息控制得不好；二是發聲的方法可能有問題。如果是這兩個原因導致的，只要勤於練習，而且從平常生活中養成習慣，應該不難改正說話時字音「虎頭蛇尾」的現象。

毫無疑問的，如果選手氣不足，直接聽到的就是氣若游絲的語句陳述，句子一開始都這樣了，更何況句末的幾個字？！選手一旦氣息控制得不好也是如此，一開始氣勢如虹，再而衰，三而竭，講到句子最後幾個字自然就模糊不清了。其實，這雖與氣足不足很有關係，但即使氣再足，沒有好好的控制，恐怕也會落得同樣的下場，不是嗎？

有關選手應該如何練氣、運氣的部分，本章有專文討論，這裡不再贅述，我在這裡只解釋可能的成因而已。

我認爲第二個原因可能是發聲的方法。我們常聽有人打趣說：「把話含在嘴裡沒說出來。」這其實是笑話，既然是說出來的話，怎會含在嘴裡沒說出來？這樣的笑話其實是抱怨說者聲音太小，根本聽不清楚吧！

除了個性羞澀之外，造成選手聲音太小的原因不少，比如沒張嘴說、氣流不強、共鳴虛浮和上顎過緊等，都會使選手聲音太小、虛浮或根本悶在嘴裡出不去。

本章有專門討論共鳴和運用口腔發聲的文字，可供大家參考，教練和選手不妨將我的建議化爲訓練計畫，好好的充實一下。

接下來，我想聊聊聲調偷懶的問題，而我所指的聲調包括語句上的聲調變化，以及字音的聲調表現。原本像「疑問句」、「祈使句」、「感嘆句」等語氣和聲調的變化，足以讓「陳述句」爲基礎的鋪陳內容，有多樣的聽覺感受，從而對演說內容產生不一樣的思考，如果選手在聲調上偷個懶，傳達效果勢必大打折扣。

以「疑問句」爲例，如果是一般的「提問」，句尾聲調沒有上揚，怎有懷疑的感覺？更別說「反問」、「激問」時，疑問的背後還有很多主張，這時不只是句尾聲調上揚而已，選手恐怕也得在音量上有所強調吧！

我發現，一般人很容易忽略某些字的聲調變化，尤其是第二、三、四聲，常常沒有發好發滿，如果再加上尾字模糊不清的話，聽起來好像都是第一聲，非常奇怪。

以第三聲（上聲）爲例，除了有前半上（如小貓、跑步）和後半上（如小狗、窈窕）的變調情況外，選手應該都要把第三聲二一四調值的聲調發滿，不能偷懶。但事實卻非如此，比如鉛筆、總統，「筆」和「統」很容易偷懶得像是一聲輕輕帶過，完全聽不出來是第三聲。

這種現象，也同樣發生在句子最後一字是第三聲的情況，像是「能改變這一切的只有你自己。」這一句，我常聽到選手不是後半句模糊不清，就是「自」的第四聲很清楚，「己」的聲調就既模糊、又短促，還像是一聲的樣子，實在混得很兇。

寫到這裡，可能有人覺得我太吹毛求疵了吧！話不能這麼說，我的確一再強調演說要以內容取勝，不要只關注在沒有意義的形式雕琢。然而，正因爲是口語的傳達型態，許多口語的基本要求就不能偏廢，所以像字正腔圓、抑揚頓挫、節奏共鳴、聲調變化等的要求，都不能算過分，否則怪腔怪調的，怎能做好思想情感的表達工作，不是嗎？

10.語句長短語音輕重要講究

為什麼有些演說讓人昏昏欲睡、如坐針氈，有些卻使聽眾陶醉其中，演說結束竟還驚訝於時間飛逝？套用愛因斯坦的比喻，那位讓先生感覺一小時快得像一分鐘的「漂亮女孩」，可能是精采的「內容」、優雅的「臺風」，以及優美的「語調」；相對的，讓人覺得待一分鐘比一小時還長的「火爐」，則是上述三者的相反：貧乏的內容、侷促的臺風和粗糙的語調。

但是三者之中，最直接造成聽衆負面感受的應該是「語調」。「臺風」可以因爲寬容而勉強忽視，而且「內容」的品味需要多一點的時間，反觀「語調」，則是從一開始貫串到結尾，如果沒有好好的經營，對臺下的評判老師根本就是種聲音的凌虐。

針對演說的「語調」部分，我已在本章其他小節提出了建議，此處我們主要關注「語句的長短」和「語音的輕重」兩個部分。但是，我們在討論之前要有一個基本概念，語調的任何規劃和經營，都不能脫離演說的內容獨立談，換言之，「語句的長短」和「語音的輕重」兩者，是在內容的前提下所做的整體考量，不能分開來討論。

或許有人質疑，語句的長短與否，不是該放在「內容」的範疇來談嗎？不，雖然它和內容息息相關，卻是語調的重要環節，而且我認爲它在語調上的影響，或許更重於內容。

現在學生們似乎很喜歡寫長句子，不僅從大學生書面報告中不難發現，我發現參加語文競賽的作文選手們，不論哪個組別，也是如此。誇張的是，在LINE的交流訊息中，年輕人不但喜歡寫長句，甚至連標點符號都省略了，讓人讀起來十分費勁。

更可怕的是，不少的演說選手養成了寫長句的習慣，所寫的演說稿、上臺講的句子也長了起來，聽得臺下的我們又擔心又疲勞。擔心的是選手一口氣能講得完嗎？疲勞的則是長句子的概念比較多，聆聽、理解起來很辛苦，如果再加上有些斷句莫名其妙的選手，我們還得幫他補綴意義，累！累！累！

所以我建議儘量使用短句子，這不僅符合人類口語溝通的常態，講起來其實也比較舒服，而且由於有充足的氣息做後盾，每句話中，選手可以做的聲情當然豐富有變化，對傳達內容的好處自然不在話下了。

相對來說，這對聽眾也是個福音，短句子讓我們聽眾能享受音韻之美，而且不需要一下消化太多概念，同時還能欣賞選手的臺風，不是一舉數得的好做法嗎？

在此，我再次重申聆聽和閱讀行爲的不同，聆聽的即時性和不可重複性決定了訊息傳達的限制，所以使用短句子的重要性可想而知。此外，儘管成功口語表達的條件很多，能體貼大多數聽眾的能力和習慣，絕對是第一要務，使用短句子是最直接獲得體貼效果的做法，無庸置疑。

接下來我們談語音的輕重。事實上，三種語音表現是相對的，我們平常講話時就可聽出，比如「臺中市」，念出的語音就是「平」—「輕」—「重」，另一種說法是「臺」字次重音，「中」是輕音，「市」則是最重音，這是平常講話的慣例。但演說可不是平常講話，我們對語音輕重的表現要好好的規劃一下，因為他對演說內容的表達，至關重要。

我們先談語音輕重的聽覺感受。很慚愧的，我曾在心儀演講者的場子裡睡著，那可是我主動參加、抱著追星的心態去聽的，想當然耳，這位講者的內容絕對是很棒，臺風啥的當然不是我的顧慮，可是我卻硬生生地睡著了。

事後回想，除了舒服的座位、萬惡的冷氣外，演講者全場輕柔、平淡的語音絕對是喚起我瞌睡蟲的主因吧！

選手運用輕重語音是為了更好的傳達內容，這是不容懷疑的鐵律，趕走瞌睡蟲只是附加價值，但是，該怎麼做呢？

首先，選手應該選擇在句子中的「賣點」（核心觀念）加重音；其次，讓連續的幾個句子所組成的句群，隨著內容的發展，呈現輕重不同層次的語音變化；再者，時時注意全場演說中輕重音的交疊出現，而不是只在意重音的使用。我建議可以和演說內容要呈現的「梗」相呼應，讓演說的內容處於抑揚交錯、輕重音互見的氛圍之中。

第4章

內容精彩豐富有訣竅

1.上臺前要不要寫演說稿？

我的選手曾問過我這個問題，我的回答是「不要！」原因很簡單，他們是教育大學學生組的選手，應該可以試著不依賴演說稿上臺。而且我訓練他們的時候已經是十月，距離全國賽的十二月不到兩個月的時間，如果養成寫演說稿的習慣，比賽時一定很慘。

爲什麼會很慘？選手抽到題目三十分鐘後就得上臺，扣掉思考和上臺前的默念演說內容，還能剩多少時間？一份演說稿，就算最少的中小學組四至五分鐘，大概需要寫七百至八百字左右，有那個時間嗎？到時萬一想不出來、寫不完怎麼辦？選手豈不是帶著未完成草稿的缺憾和不自信上臺，他能表現得好嗎？恐怕答案是否定的。

或許有人認爲我就是個反對寫演說稿的教練吧？不，剛好相反，如果時間夠長、選手年紀小，或比賽的經驗不多，我是贊成上臺前寫寫演說稿的。雖然不同年齡、不同時機下，這份稿子的寫法有不同的講究，但演說稿本身的意義還是不容質疑的。

我認爲，演說稿的最大好處就是幫助選手梳理演說的內容，讓選手覺得準備好了、有所依靠，儘管實際上臺演說時不可能照本宣科，甚至大相逕庭，至少也能發揮錦上添花的效果。

尤其國小、國中、高中組，或是較少比賽經驗的選手，我非常贊成讓他們寫演說稿，有時間的話大可寫逐字稿，等於是寫一篇文章，而且字數不能少於一千二百字。這時，教練要告訴他們寫自己上臺要講的話，但得依據作文的開頭、結尾，中間分段的成例，有條理的寫出自己要表達的東西。

因此，如果距離比賽時間還長，教練不妨找些選手比較不熟的題目，給他們時間先寫成一篇演說稿，上臺講完後再問問他們講的感覺，然後討論演說稿的內容，略做修改後再講一次。當然，教練要提醒選手不能照本宣科，說的和寫的內容不一樣沒關係。

教練們要知道，對選手而言，演說稿是輔助、是工具，而不是主角，它可以幫助選手做好準備，卻不可過分依賴。一場演說精彩之處，絕對不是忠實地把演說稿一字不漏地講出來，那是朗讀不是演說，演說更需要選手臨場的驚喜表現，而依賴卻是驚喜的最大阻礙。

既然如此，我們對演說稿的追求就不是逐字稿，完整不遺漏的條約宣言，而是從年幼到年長、從陌生到熟悉、從生手到專家，慢慢地把寫「逐字稿」的做法，進化到「大綱式」、「提要式」的演說稿，只有讓選手逐步習慣這種寫法，才能在短時間內爭取最高效能的準備。

其實，我外出演講前的準備也是如此，先在腦中架構出想要傳達的內容，然後利用**PPT**一張張呈現這些東西。但是，每張**PPT**內不會有太多文字，甚至只有簡單的圖片，以免聽衆視覺疲勞，或是無法同時聽進我的口語訊息。

沒有辦法直接念**PPT**的狀況下，我怎麼記得兩、三個小時的內容呢？很簡單，我就在手邊的紙本**PPT**上做重點摘要，不管時間多久，一樣能夠準確表達內容和想法。

我認爲，選手不要對自己太沒信心，總覺得大綱式的演說稿不踏實，也別對自己太有信心，因爲遺忘和緊張會帶走很多準備好的東西，只有不斷的練習，培養自己銜接大綱和內容的能力，才是關鍵。如果還能臨場發揮，那就是錦上添花了。

可能有人會說國語演說比賽沒有PPT啊，那該怎麼辦？沒錯，但時間很短啊！所要傳達的內容也不多啊！所以寫大綱最好。同樣的道理，如果選手在三十分鐘內做好「大綱式」、「提要式」的演說稿，即使沒有PPT的輔助，接下來的四至八分鐘之內就有很清楚的架構和內容，選手在這個基礎上發揮，很容易有令人驚喜的表現了。

那麼，這種「大綱式」、「提要式」的演說稿有什麼形式嗎？其實沒有固定的，就像寫作文的文章結構一樣，把每段的大意寫下來就行。

比如一般最常見的「開頭—論點一—論點二—論點三—結尾」的架構，分別可以在「開頭」簡要寫幾句要講的觀念、例證和銜接論點方法；三個「論點」則用一句話作標題，再寫有關「說明」、「例子」和「解釋」短短數語的提示，我建議不妨讓三個論點的敘述模式一樣，聽衆才更容易吸收和接受；「結尾」較簡單，除了概括先前論點外，只要註記運用什麼樣的警示語，或是較爲震撼人心的口號即可。

2. 先弄清楚出題的方向

國語演說比賽採取命題、即席的方式，也就是選手在抽題之後，準備短短的三十分鐘，便得上臺講四至五或五至六，甚至是七至八分鐘，演說內容絕對不能離題，而且得在題目的基礎上講出屬於自己的精彩。

打個比方，演說題目就像是建築物的基石，如果這個基石不穩，就算雕梁畫棟也難免有傾頹的一天；如果還妄想築起高樓大廈，不過是更加快牆塌樓垮的速度而已，沒有任何一點好處。

因此，正確的理解題意是必要的準備工作，面對千奇百怪的題目時，總歸一句話，就是明確的把握出題老師要我們講的是什麼。

大家一聽就知道這類似於作文的「審題」，但審題的工作未必只限於作文，任何命題的競賽都得先審題，更何況演說和作文同屬語文的輸出能力（output），有些共通的東西不足爲奇，只不過以往更重視讀寫，相對忽視聽說而已。

但，我在這裡要講的不是審題，而是審題前的掌握題意，由於審題是個系統性的準備工作，後續章節再來細談。眼下，我們先梳理千奇百怪的題目類型，才能爲審題廓清前進路上的一切阻礙。

首先，國語演說題目常出現「眞理性的題目」，要求選手透過演說證明它的睿見，譬如二〇二二年全國賽國中組的題目「合作學習」、「多元學習」、「危機就是轉機」，高中組的「發揮公德心」、「見賢思齊」、「天地有大美」……。請您想一想，出題的老師要選手說些什麼呢？

很簡單，就是證明這些眞理是人生智慧，永恆不變的。選手要怎麼證明呢？我聽過無數的選手用支持性的話語、名言佳句，甚至是呼口號明志，長篇大論，一發不可收拾，不過這樣的選手大概九成會名落孫山。爲什麼呢？證明眞理要透過實踐，從自己的見聞和經驗出發，不致淪爲空談，臺下的評判才會被一個個的特殊案例吸引，對眞理有不一樣的體會。

其次，我把它稱之為「半開放性的題目」，譬如一〇一年國小組的「假如我可以飛」、高中組的「十字路口」、一〇二年國小組「我的家鄉」、國中組「分享」、高中組「談尊重」、「談守時」……。這類的題目有個共同特徵，就是題目只呈現一半的規定，選手可以決定另外一半，為自己的演說定性、定向。

以「假如我可以飛」為例，選手自己決定「飛」的含意是什麼，然後在這個「假如」的前提下談談要做些什麼，或是怎麼去做。「十字路口」這題的空間更大了，一般我們不會眞的只談「十字路口」這個地方，因為它是個隱喻，所以會加一些詞讓這個隱喻更明確些，以利於談論，比如「人生十字路口」、「學習十字路口」、「事業十字路口」、「感情十字路口」……。

其他如「我的家鄉」、「分享」、「談尊重」、「談守時」都一樣，選手都得加個詞，才能讓論點更集中些，這也是出題老師的用心。

再者，某些「雙理念性的題目」，處理起來比較辛苦，必須仔細辯證一下，才能掌握出題老師要的是什麼。譬如一〇〇年國中組的「耕耘與收穫」、「紅花與綠葉」、高中組的「珍惜與感恩」、「學習中的苦與樂」、一〇一年國中組「堅持與放棄」、「自私與分享」、高中組「嚮往與實踐」、教育大學組「工作與責任」、「競爭與互助」……。

題目中兩個理念的關係，選手在審題前要先搞清楚，因爲這是出題老師想聽到的內容。有的是因果的，比如「耕耘與收穫」；有的是主從的，比如「紅花與綠葉」；有的是取捨的，比如「堅持與放棄」、「自私與分享」；有的是對比、對立的，比如「珍惜與感恩」、「競爭與互助」、「學習中的苦與樂」；有的是夢想與行動、現象與主體，比如「嚮往與實踐」、「工作與責任」。

除了上面三種類型的題目外，我認爲其他題目相對明確，選手應該不難判分，而立論的原則不外乎抽象的具體化，原本具體的就更具體而已。

譬如一〇二年國小組的「最特別的一節課」、「最幸福的時刻」、「最令我尷尬的一件事」、「一件令我感動的事」、「我最喜歡的一本書」……。選手只要把原本是抽象觀念的「特別」、「幸福」、「尷尬」、「感動」、「喜歡」等，具體化成訴求、行動、情緒或規劃，再透過自己的經驗、見聞、回憶、案例或實物讓它更明確清晰，這不就是出題老師想要選手講的內容嗎？

3. 寶貴的三個審題點

受過良好訓練的選手，抽到題目後絕不會想都不想，登臺馬上開講，而是要推敲出題老師的想法，再進一步決定自己的演說範圍和重點，這就是「審題」的功夫，是任何一場好的演說不可或缺的成分。

我想，每一位教練都有自己的審題訣竅，這也是您的選手獲勝的關鍵要素，此處，我將建議另一種審題方式提供大家參考。我認爲演說選手審題時要掌握三點：一是「立足點」，二是「切入點」，三是「發揮點」。

在這三個審題點的處理下，選手面對任何題目都能輕鬆的掌握題旨，不至於離題，且能盡情地展現自己的特色。事實上，這已包含作文時的「立意」了，只不過我統稱爲「審題」，藉以突顯其「審」的功夫。

我將一一爲大家說明。所謂的「立足點」，就是誰來講這個題目，演說比賽會根據選手的身分，分成各種不同的組別，選手按照報名的組別演說，就是把握了「立足點」。或許這時有人會跳出來說：「這不是廢話嗎？難道有人會不以自己的身分演說嗎？」還眞有！而且不算少見。

據我的經驗，出現這種現象時通常選手沒有將蒐集的資料轉化，或者是自己身兼許多身分，當題目涉及的範圍比較廣時，就容易失去自己的「立足點」。譬如有位選手抽到的是「如何做好環境保護」，不可思議的，這位國中生選手在四至五分鐘的時間裡，竟然列出了近十條做法，而且內容很像是政府的公告，看來，他是把自己當作環保局長來宣傳政策了。

還好這只是縣市的賽前訓練，我問他爲什麼會講這些，他說是看報導性的文章，覺得不錯，就大致地背了下來。其實這位選手十分認眞，想要向評判展現自己努力的想法可以理解，可是，如果不像一位國中生的口吻或立場來講，比賽何必分組？如果照本宣科就行，直接聽政令宣導即可，何必聽演說？

另外一次經驗是聽教師組的選手講「從多元社會談弱勢關懷」，由於這位小學老師從大學起就參加社工性質的社團，自己的親友中也有弱勢族群的，所以他講這個題目時特別亢奮，內容十分紮實。

然而，這種講法不太對，如果他是社會組的選手一定很容易得名，甚至是教育大學組的都還可以，但他是屬於教師組的選手，就應該從老師這個「立足點」去談這個議題。

接下來是「切入點」，簡單的說就是演說的範圍，如果選手沒有把範圍界定清楚，準備得再好，臺上的演出再精彩，都可能白忙一場。就像射出的箭根本沒在設定的靶上，箭再好、姿勢再美也是枉然；畫出來的圖不在畫布上，構想再好、畫技再高超也如一陣浮雲。

有些題目的「切入點」很清楚，比如「逛夜市的樂趣」，「逛夜市」就是「切入點」，可以某次「逛夜市」為範圍，也可以是綜合幾次的「逛夜市」經驗。有些抽象的觀念題，「切入點」得選手自己去找，比如「團結力量大」、「堅持與放棄」、「十字路口」之類的題目，抽象的題目要具體來談，怎麼才能落實具體化的內容呢？很簡單，就是自行設定「切入點」。

以「團結力量大」為例，選手可以設定一次的比賽、工作、學習活動或突發事件作爲「切入點」，讓「團結力量大」這個理念不至於架空地談，臺下的評判比較容易聽出選手對這個題目的具體想法。

最後我們來談「發揮點」，不誇張地說，在「立足點」和「切入點」的穩固基礎下，「發揮點」的選擇與強化，幾乎是決定演說比賽勝敗的關鍵。原因很簡單，在同一個題目下，不同的選手可能「立足點」一樣，「切入點」也可以差不多，一較高下的判分依據就在於發揮什麼、怎麼發揮和有沒有說服力而已。

同樣的，有時題目裡的「發揮點」顯而易見，比如「一堂難忘的課」，「發揮點」就是「難忘」的部分；還有些題目雖然抽象，推敲一下也不算困難，就像「給夢想一把梯子」，「發揮點」就是那「一把梯子」，不過隨著「夢想」的具體化，「一把梯子」也要有具體所指，不能眞就講那把「梯子」而已。

事實上，「發揮點」也是最能考驗選手創意的地方，想要出奇制勝的選手，通常在推敲一般人的「發揮點」講法後，刻意地反其道而行，或是另外添加新的內容，都可以讓評判耳目一新。我們都知道，老生常談的東西令人厭煩，臺下的評判老師更是飽受摧殘，如果能來點巧思，創造出新的點子，未嘗不是體貼評判老師的好辦法。

4. What Why How 你選哪一個？

當我們知道出題老師所提示的方向，而且掌握了三個「審題點」之後，就可以開始上臺大展身手了嗎？還不行，因爲雖然有了「發揮點」，我們卻還沒確定要怎麼「發揮」？換句話說，「立足點」顯而易見，「切入點」幾經思考，我們也選好了在哪些具體的人事物上切入，在這樣的基礎上，我們得進一步決定怎麼發揮在某立場下，針對某範疇中的人事物。

我的建議是從「是什麼」、「爲什麼」和「怎麼做」三個大方向去發揮，這三個方向其實是三個思考路徑。但，爲什麼要強調思考的路徑呢？原因很簡單，演說是表情達意的行爲，姑且不論其中的情意是否讓聽者有共鳴，或是被說服，呈現一場架構清晰、有邏輯的內容是說者的基本責任，這有賴於準備演說內容時明確的思考路徑。

分別來說，「是什麼」是一種What的思考路徑，有些題目很明白的要選手在What上下功夫，比如「逛夜市的樂趣」，「立足點」是小學生，「逛夜市」就是「切入點」，以某次或總和幾次「逛夜市」的經驗為範圍，「發揮點」則是What的思考，也就是告訴大家其中的「樂趣」是什麼。

「為什麼」是一種Why的思考路徑，有些題目很明顯的要選手在Why下功夫，比如「一堂難忘的課」，「立足點」是小學生，「一堂課」就是「切入點」，或許是國語、數學、自然都可以，但一定是具體上過的「一堂課」為範圍，「發揮點」則是Why的思考，也就是告訴大家為什麼「難忘」的原因。

比如一〇二年教師組的「如何輔導學生面對成績壓力」，就是一個很典型的How的思考題目。「立足點」是老師，「學生面對成績壓力」就是「切入點」，老師「如何輔導」的具體作法則是「發揮點」，很明顯的，採用的是「怎麼做」的思考路徑無疑。

或許這時有人提問：難道非得用一種思考路徑嗎？我同時用What

和Why，或者What和How、Why和How不行嗎？當然可以，得視題目而定，還得看演說的時間是否允許。

事實上，許多「半開放性的題目」可以由選手自行決定思考路徑的，比如一〇二年國中組的「分享」，當選手決定在「分享」後面加「的重要」時，就是一種Why「爲什麼」的思考；如果在「分享」前面加「如何」，後面加上「快樂」，就是一種How「怎麼做」的思考。

當然，這個題目也可以採綜合性的談法，比如在「分享」後面加上「的價値」，選手可以用What的思考告訴聽衆「分享的價値」是什麼（What），同時也說明爲什麼「分享」有這些價値（Why），甚至可以分析要怎麼做「分享」才有這些價値（How）。

此外，某些「眞理性題目」的思考路經，也是不同「發揮點」的考慮，譬如一〇二年高中組的「見賢思齊」，如果以What的思考告訴聽衆「見賢思齊」是什麼意思，很容易變成說教，所以選手決定「切入點」時一定要找具體事例，What的發揮就可以落實在這個事例之上。

但是，可能聽衆覺得不過癮，因爲他們更想知道爲什麼要「見賢思齊」的理由（Why），或者是生活上怎麼實踐「見賢思齊」的具體建議

（How），這麼一來，演說內容的層次和深度立現。

「雙理念性」的題目也是如此，「發揮點」的考慮可以比較有彈性。比如一〇一年國中組「堅持與放棄」，設定了「切入點」之後，「堅持與放棄」的對象得以具體化。但顯然還不夠，選手得告訴我們在這個事件中「堅持與放棄」了什麼，這就是What的思考。再進一步，選手可以談爲什麼「堅持與放棄」的原因（Why），或是選擇這樣的「堅持與放棄」之後，怎麼具體的去做（How）。

因此，選手拿到題目之後，既知道出題老師的用心、又掌握三個審題點，還有三個思考路徑，根本不愁無話可說、無理可談，反而要小心取捨的問題，否則有囉嗦累贅的隱憂。

一般而言，選手選擇何種思考路徑時，常受到「鋪陳架構」、「演說時間」和「聽衆期待」等三個因素的影響，相關的討論，我將另文分析。

或許有人抱怨，演說不就是想講什麼就講什麼，爲什麼要有重重的限制呢？首先我得聲明，這些思考的路徑絕非限制，而是因應人際溝通需求的一套方法。

試想，演說可不是講給自己聽，而是有訴說的對象，如果沒有這些方法，選手隨便想講什麼都行，內容勢必天花亂墜、毫無頭緒，因爲人類原初的想法和表達根本不是理性的、邏輯的，平時閒談還好，一旦上臺演說，必然引發臺下一陣愕然，更何況是演說比賽。難道選手想讓評判老師在自己講完後覺得莫名其妙、不知所謂嗎？當然不行！

5. 怎麼找資料這回事兒

我認爲，國語演說的目的無非是要「以事啓人」、「以理服人」、「以情動人」，所以在選手上場比賽前，腦子裡就要充滿這些養分，出口成章，才能獲得滿堂彩，否則只是空喊口號唬人，絕對不可能獲得評判老師的認同。

要怎麼做到呢？教練一般會要求選手多找參考資料，但，這樣就夠了嗎？找資料參考固然重要，把找到的資料消化，並轉變成演說的能源和動力，才是最重要的事。不過，我們還是先從找資料講起，因爲這是奠基的工作。

由於我們參加的是即席演說比賽，事先根本不可能知道題目是什麼，儘管我們已經歸納出幾個大方向，畢竟與實際抽到的題目仍有差距。怎麼辦呢？我建議，就在那幾個大方向上找參考資料，而且是系統性、有規劃地將這些資料納入自己的資料庫。

我發現，坊間有人蒐集名言佳句，或是有分門別類羅列名人事蹟的書可供參考，蠻符合演說和寫作的需求，這倒是一個不錯的捷徑，不妨拿來試用看看。但是，名言佳句姑且不論，如果用的是事例，我認爲仍然有「古不如今」、「遠不如近」、「百聞不如一見」等基本的原則，所以在找資料時不能想著有就好，或是濫竽充數，還得考慮一下這些例子的效果。

正因如此，除了參考剛剛那些書之外，不妨多看看報紙的社論，因爲它會討論最近的時事，然後提出該報社的立場和觀點。這是一個大寶藏，選手不只可以透過社論掌握某個大事件的發展脈絡，還能看到報社的觀點（儘管您未必認同），更重要的是執筆記者如何鋪陳自己的意見，一舉三得，所以是我的首要推薦，其他如各版的小專欄，有時也可以參考一下。

另外，我還推薦大家片刻不離身的手機，還有每天看N次的LINE裡的即時新聞。這些新聞分類很細，而且常常更新，既然常看LINE，何不把其中的LINE TODAY也掃視一下呢？遇到和演說主題有關的報導，三言兩語寫到小筆記本中，就是非常可觀的財富。

除了LINE，選手也可以在FACEBOOK上訂閱國際新聞如BBC、紐約時報等中文網站，或是遠見雜誌、親子天下等主題報導網站，這些都是可以獲得國內外最新訊息的管道，對充實演說的內容而言，非常有幫助。

再者，我建議選手不妨去找文史哲領域以外的資料，演說的時候才有出奇制勝的效果。比如當年嚴長壽先生的《御風而上》、《總裁獅子心》剛上市，我的選手就使用了不少書中的例子。

同樣的，選手可以將其他學科學習的經驗，轉化成演說的資源，譬如數學的奧妙或故事、生物的行爲和啓示、社會現象的特殊解讀，還有我們耳熟能詳的「蝴蝶效應」、「鯰魚效應」、「領頭羊效應」等，乍看是生物學的知識，不就常被用來解讀社會的現象嗎？

還有一項非常珍貴的資料，就是自己的經驗。許多選手認爲講自己的經驗不討喜，這完全是錯誤的觀念，其實講任何新知，你講我講他也講，新知便變成了舊聞，遠不如自己的經驗無可取代。那麼，爲什麼會認為自己的經驗不討喜呢？原因很簡單，自己不當一回事，三言兩語就想打發，這樣的表現，還想要評判老師捧場嗎？恐怕很難。

接下來，我們該聊聊資料怎麼處理了。不可否認的，找到一個新穎、動人的材料非常重要，但沒有好好處理的話，不僅糟蹋了這個好材料，胡吹硬塞的，還可能讓人有文不對題的感覺。問題來了，我們該怎麼處理這些好不容易找到的材料呢？我認為至少有三個最基本的功夫。

簡單的說，第一：歸納自己從中獲得的收穫或啓示；第二：思考該材料可能涉及的演說範疇；第三：立體的開發材料帶來的不同啓發意義。

一般來說，選手們蒐集資料通常是找到就好，而且是針對某一個方向，點到為止，其實這是很可惜而且很冒險的做法。原因無他，評判老師想聽到的不光光是個事例，更重要的是你怎麼解讀，以及和題目之間有何關聯。

此外，我們的腦子記憶容量畢竟有限，更何況是在緊張的比賽現場！如果能熟練地把一個例子做不同方向的詮釋，便可免去臨場時的左支右絀，豈不妙哉？！

至於怎麼把蒐集的材料立體開發，從而帶來不同的啓發意義呢？這涉及到多元的思辨技巧，我將另文說明之。總之，我們不可能光蒐集資料不加以處理，而且得習慣將好的資料充分開發、愼加利用，才能在演說的場合裡「以事啓人」、「以理服人」、「以情動人」。

6. 立體開發演說材料的方法

許多選手找到材料後，常常只能說出與別人差不多的觀點，很難產出新的見解，所以就算再好的材料也感動不了人。不僅如此，所談的又與題目無法產生強烈的連結，因此，評判老師無法特別青睞，離獲獎就遙遙無期了。

譬如講到賈伯斯，永遠的普羅觀點就是勵志楷模、壯志未酬、逆境中奮鬥不懈、創新科技發展、徹底顛覆人類的生活型態等等。難道沒有別的嗎？更重要的是，任何觀點，第一個講的人是創新，第二個講的人是睿智，第三個講的人是老套，第四個講的人是酸腐……。

在演說這個架上的各種展物，新品的賞味期其實很短，老品項更是乏人問津，沒多久就得下架，否則人們連懷念的興趣都沒有，就直接打槍了。沒錯，現實就是這麼殘酷！

以往我在臺下評判，總是感嘆選手爲什麼一直講廢話，沒有新意？明明很好的例子，怎麼沒有任何處理、開發，白白糟蹋了呢？其實這些選手很優秀，外貌好、口條佳，聲音美、氣質滿分，怎麼就在內容上吃了大虧呢？這絕對是大虧，因爲演說比賽的內容是重中之重。換言之，沒有好的演說內容，其他的部分再好都沒用。

因此，我建議蒐集好的材料時，要進一步作立體性的開發。什麼是立體性的開發呢？簡單的說，就是把材料做既深入又延伸的思考開發。

以上述賈伯斯的勵志過程爲例，一般可能就是認爲他足以作爲後世的楷模而已，如果深入思考，我們可以針對某一細節深入判斷或評論，比如他被一手創立的蘋果公司辭退時，做法上與常人有何不同？對他的成功人生有何意義？這就是一種深入性的思考拓展方法。

我們同時也可以做延伸性的思考，比如賈伯斯改變人類的生活型態，不妨連結到自己身邊的親友對手機的依賴情況，讓這個事實更貼近我們；賈伯斯英年早逝，如果他還活著，蘋果公司還會有什麼新的發展呢？如果賈伯斯沒有經歷一次次困難，他會是什麼樣子呢？他和其他成功的科技人士，有哪些異同呢？是什麼人生的歷練，讓他能創造科技的新局呢？如果沒有賈伯斯，手機科技會發展到成什麼樣子呢？……。

上面每一個問題的答案，只要努力思考、匯積智慧，都能讓選手講的內容與衆不同，對評判老師而言，即使是老掉牙的題材，將會因而蹦出新的智慧火花，從而對選手刮目相看。

譬如《論語．泰伯》中有「民可使由之，不可使知之。」如果是按照這樣的斷句，孔子就有愚民的思想。因此，後代學者就有人說應該是「民可，使由之；不可，使知之。」人民認同就帶領他們去做，不認同，就先教化他們，這樣就緩和多了，而且和「民可使，由之；不可使，知之。」、「民可使，由之不可，使知之。」兩種斷句法相近，都是要教化人民。

此外，又有「民可使由之？不，可使知之。」和「民可使由之？不可，使知之。」兩種說法，則是以孔子的教育理念立論的。當我們驚訝於《論語．泰伯》中的兩句話就衍生出六種斷句法時，事實上，這就是六種立體開發材料的方法，可供我們學習。

同樣的，我在讀《論語》時，若遇到註解不合理處，也喜歡嘗試一下自己的解讀法，比如大家熟知的「學而時習之，不亦悅乎？有朋自遠方來，不亦樂乎？人不知而不慍，不亦君子乎？」，後兩個部分我沒意見，事實也是如此。

但我一直很納悶學後不斷複習，眞的有那麼快樂嗎？如果把「習」解釋爲「實踐」，可不可以呢？那就比較說得通，因爲當我們把理論和實踐結合，學到的東西能用得上，的確是件很喜悅的事。

另一個例子是「子入太廟，每事問。或曰：『孰謂鄹人之子知禮乎？入太廟，每事問。』子聞之曰：『是禮也。』」，我每次讀到這裡，總覺得如果按照一般解釋，孔子就變成喜歡虛僞演戲的騙子，「問」只不過是一種表演方式，做做樣子而已，所謂的「禮」也不過如此。

但事實絕非如此，如果我們把孔子問的內容加以深究，或許可以推斷，孔子問的其實不是禮樂的儀式，而是禮樂內在的眞精神，問不同的人就會有不同的答案，所以才會「每事問」。因此，孔子所謂的「是禮也」，就是禮樂的內在精神，而非外在儀式，這才與他的其他言行相符。

就是這樣的轉變，讓原本歌功頌德、了無新意的演說內容變得有內涵、有深度，何樂而不爲？！我更看重的是，在這套立體性的思考模式下，訓練的過程中教練不斷磨練選手，以後面對任何題目時，只要有材料傍身，選手根本不怕無話可說，反而得以盡情發表自己的想法，而且言之有物，令人驚嘆。

我一直認爲演說練的是從頭到腳、由外而內的本事，選手的思考能力當然也在其中，抽出題目的審題能力是、如何決定論述方向也是，拿到材料後能立體的開發其中的內涵，更是選手的大本事，甚至可以窮其一生不斷精進的。

7. 自己的經驗無可取代

幾乎所有的選手都會舉例，卻常見所舉的例子都是身外之物，例子能不能合題姑且不論，我卻總感覺怪怪的，而且實在了無新意。這並不是說舉名人軼事的作法不對，但對記敘性、抒情性的題目而言，選手自己好像隱形了，卻大談別人的經驗、體會，如果這些名人軼事又出自國小組、國中組的選手之口，就更感到少了點什麼。

總而言之兩句話：「爲什麼沒有選手自己的經驗呢？有這麼難嗎？」

回歸人類語言的最基本功能，不就是表情達意嗎？爲什麼面對面，而且是臨時才抽題的國語演說，選手們連最能表達情意的親身經驗都說不出來，卻總是講別人的事呢？實在是本末倒置。

這時候選手的抱怨來了。學生們除了來上課、去補習班之外，哪有什麼生活經驗可言呢？這種說法委實可笑。「來上課、去補習班」的確是學生的生活重心，難道這個過程中不必和師長、同學互動？沒有下課時間？沒有上學、放學路途的見聞？不曾與家人相處？學習中沒有甘苦？閱讀、上網、看電視……，完全沒有任何感覺的嗎？

除了中小學生之外，我們別忘了還有時時必須接受職場挑戰的教師組、社會組選手，更有生活多采多姿的教育大學學生呢！沒有生活的經驗，這說得通嗎？！恐怕眞如藝術大師羅丹所說的：「生活中不是沒有美，而是缺少發現美的眼睛。」我們該抱怨的不是沒有生活經驗，只要生活著，怎會沒有經驗？！無非是從生活經驗中找到感動，再把感動說出來而已。

我曾經和選手以及他們的教練聊天，問他們爲什麼不多說說自己的經驗？得到的答案無非兩個：一是覺得自己的經驗乏善可陳，不敢拿出來獻醜；一是評判老師不會喜歡的，直覺他們應該想聽到的是名人軼事吧！

第一個答案確實是問題所在，如果不珍視自己的生活經驗，就算說出來，也不會令人感動的。然而，這是一種過分謙虛的心理，上臺演說的人要對自己有信心，否則人們怎能被你感動、說服呢？

第二個答案就讓人無言了，我不否認有許多評判老師太重形式，一遇到華美的詞藻、絢麗的修辭，不管內容好不好，就立判高下，這在作文比賽更常見。但是，我看到更多的是不太在意例子是中是外、名人與否的評判，他們只關心例子能和題目扣合，聽起來能否感動人心，至於文辭華麗與否、有沒有名人光環，根本不是重點。

怎麼蒐集我的生活經驗？怎麼讓它們在演說比賽時爲我所用呢？我將在另一節講隨身小筆記本的妙用時，再詳細談怎麼實施，在這裡，我想講的是怎麼把你的生活經驗處理得更具可聽性。換句話說，怎麼讓人們被你的獨特經驗所吸引呢？首先，你要找到這個經驗中的「賣點」，然後再運用敘述的技巧讓這個「賣點」發揮它的影響力。

比如我家附近有個傳統小麵店，旁邊雖然有港式燒臘、日式飯盒和各式壽司的店家，但總比不上小麵店的客數多，只要它開門營業（常常不開），門前的小馬路總是交通大打結，險象環生。那附近想找這麼傳統的麵店不容易，牆上的菜單和價目表都是手寫的，餐桌上還有免費的自行調製酸菜和小魚辣椒醬，實在特別，此外，更難得的是店中一男二女的年紀加起來應該超過二百歲吧！我觀察了一下，他們手腳敏捷，一切動作井然有序，實在令人佩服。

什麼樣的敘述方法呢？我通常會建議三種：一是倒敘法，把結果（「賣點」）先講出來，再說明源起和發展過程，不要扯太多無關的；二是細節法，只講「賣點」情節的過程，越仔細越好，能形成畫面感尤佳；三是渲染法，透過描述「賣點」的形成背景，以及產生的影響，誇張的突顯「賣點」的重要性。

接著聊上面提到的小麵店。除了麵之外，我第一次去的時候還點了幾樣滷味，其中一位老太太看了之後就說八十元，我點頭笑了一下，吃完後我說買單，老闆竟然叫我自己算，我愣住了。這時，他笑了一下，鼓勵的說：「沒關係，你自己算，算多少就多少。」我說了個數字，他笑著說謝謝，數都沒數就把錢收去，我又愣了一次。之後，我發現他們對每位客人都這樣，我顯然一點都不特別，就這樣，我成為那裡的常客了。

事實上，演說過程中鋪陳「賣點」的方法不只這三種，根據題目的要求下，單一「賣點」的呈現有時可佔據全篇，有時只是諸多論點中的一個引證而已，所以選手的鋪陳「賣點」時要靈活運用，千萬不能僵化。

否則，有時用全篇式的鋪陳方法突顯單一論點，時間上恐怕難以掌控；以某一論點引證的方法用於全篇，則會讓人覺得蜻蜓點水，一點都不過癮，這也絕非好事。

8. 幾種鋪陳內容的方式

有人說演說和作文某些部份是一樣的，沒錯！因為兩者都是要傳達情意，所以的確有共通之處，不足為奇。但我認為，其中不同之處就是鋪陳內容的方式，這是口語和書面語表現上的重大差異。

什麼是「鋪陳」？簡單的說就是有系統、有效率地傳達內容的組織型態。比如說您有一件事想讓人知道，要怎麼說呢？如果有時間的發展序列可做依據，有的人便選擇順著時間發展講事件發生的原委，稱之為「順敘法」；有的倒著時間順序講，稱之為「倒敘法」。

有人拋棄事件時間發展的思考，關注到事件的「因果關係」，所以有人先「因」後「果」，或者是為了製造某種懸疑氛圍，先「果」後「因」。有的人則把事件當作分析的對象，採用歸納或演譯的方法，將事件拆解提煉出某些觀點或主張，藉以佐證自己立場的不容質疑。

這一連串的考慮，我稱之為「鋪陳」，從作文的術語來講，或許可與「布局」的觀念畫上等號。但是，我想特別強調的是無論「鋪陳」或「布局」，選手們的企圖心是很強的，都是希望傳達的內容因而更有效果。

平心而論，以往的教練和選手似乎不太重視這些，或許是覺得演說和朗讀差不多，把聲音弄得好聽些，抑揚頓挫明顯些，所說的內容差不多就好，反正評判老師也不太關心。

很遺憾的，許多與我同列的評判老師們似乎也是如此，他們關心選手的語音更重於內容，聽他們講評的內容時，我常常誤認為我是不是走錯了場子，誤闖了朗讀的聖地，難怪教練和選手有此誤解。

現在的演說比賽好多了，評判老師們眞的比較集中在內容上面，但是，他們給選手的建議往往集中於內容本身，而不是內容的鋪陳方式之上。或許有人會問：「這不是同一件事嗎？為什麼要分這麼清楚？」當然不是，這不是同一件事，尤其在演說時特別重要，這是相對於作文而言的。

從另外一個角度來看，比賽的場合裡，我們判斷一位選手的優劣，通常不只是他講了什麼，也包含他怎麼講，換言之，除了考察他能不能說服人，更想查驗他說服人的方法。尤其在國中、國小組的比賽場合裡，其實能提出來的看法、主張大同小異，高下評分的關鍵，往往在於提出什麼樣的例證，以及如何鋪陳這些內容而定。

或許有人強調「演說」是「朗讀」加「作文」，他們相信作文的審題和鋪陳兩者，是演說不可或缺的環節吧！但是，我認為作文的架構和布局方式，儘管可以拿來做為演說的參考，卻不能全部套用，畢竟口語和書面語表現方式有別，不能完全比附。

以下，我便提出三種最適合即席演說的鋪陳方式，讓教練和選手們參考，甚至不妨交替運用，使自己的演說內容迭出新意。

第一種是「列舉式」，最常見的模式是「前言—論點一—論點二—論點三—結論」，這種模式有人戲稱為「組合屋」式，因為可以拆裝組合，每個部分獨立練習。這種鋪陳方式眼下非常受歡迎，據我粗略統計，平均十位選手就有七到八位採用這種方式。

平心而論，這種方式十分適合口語接收的需求，由於有頭有尾，說者又貼心地分點歸納，評判老師很容易就掌握到內容要旨。此外，這種鋪陳方式特別能滿足說明和議論某些主題時的需求，所以遇到需要闡述觀點、說明事理，乃至於論辯是非時，這種模式的優越性顯而易見。

第二種是「起承轉合式」，正如我們在作文時所熟知的這種鋪陳方式，由於敘事的過程既完整又深入，講故事時常採用此法，聽眾往往陷溺其中、無法自拔，所以它一樣在口語表達時有很強的闡述功能。不過，這種模式如果沒有很強的節奏和開頭時誘導，很容易因爲無聊而讓人昏昏欲睡，或是選手講著講著就偏移主題，拉不回來。

於是，運用這種模式時除了強調敘述內容的節奏性，還要特別重視開頭時是否把事件結果先呈現出來，或是製造懸疑氛圍以撩動聽衆的興趣。當然，收尾的部分如何總括全局，再回扣主題，藉以突顯選手的核心訴求，也是重點的訓練項目。

第三種是「解證式」，這種模式和第一種的「列舉式」不同，它只有一個核心觀點，接下來的內容無論事例或詮釋，都是爲了這個核心觀點而存在的。我曾看過許多選手爲了湊足「列舉式」的三個論點非常辛苦，努力湊出的三個論點不是相互重疊，就是生搬硬湊、不知所云，其實這種慘狀不只折磨選手，對臺下的評判也是煎熬，所以我很不建議選手這麼做。

事實上，這種「核心觀點—解證一—解證二—解證三—結論」的模式也十分適合聆聽的接收，而且三個例證的強調和詮釋更加深說服力，我認爲絕對不遜於「列舉式」的三個論點。相反的，有時候爲了在短時間內湊足論點和例證，選手難免掛一漏萬、語焉不詳，更是「列舉式」鋪陳方法的硬傷，這卻是「解證式」不會發生的情形。

9. 演說千萬不要像念書

這句好像是廢話，大家應該都很清楚，「演說」當然不能像唸書，否則就是「朗讀」了，然實際上卻有不少選手上臺就像唸書一樣，讓人覺得莫名其妙。

什麼樣的演說像唸書呢？我認爲可以從兩方面來看，一是語音，一是內容。表現在語音上，像唸書般的選手常表現出猶豫、遲疑的行爲，說話時結結巴巴，彷彿是在背書一樣，給聽衆最直接的感受就是試圖念出演講稿的東西，而不是想對我們傳達些什麼。

當然，選手說話時結結巴巴的原因很多，未必都是想背書，但很遺憾地，聽衆卻直觀的認爲選手準備不充分或試圖背書。

另一個語音表現是聲調平淡，連帶著選手的臉上沒有表情，眼神空洞，好像是在執行一件事不關己的工作，口中唸出來的就是演講稿。或許這時有人想提出抗議，聲稱即使選手聲調平淡、面無表情，內容也未必是照本宣科，以外表判斷選手的努力程度是不公平的。

或許這正是「演說」和「朗讀」的差異之處。「演說」有「說」有「演」，雖然「臺風」的部分獨立計分，在講臺上卻是綜合表現的，評判看到的、聽到的是整體，難道只想要精彩豐富的內容，卻不在意呆板木然的臺風，可能嗎？這樣的演說能說服人嗎？很遺憾的，這樣的選手就像唸書一樣，完全激不起我們聆聽的熱忱。

從演說內容來看，如果選手使用的詞語偏文言、專有名詞多、長句不斷出現等情況下，聽起來一點都不像口語交談的常態，卻像是用耳朵讀了一篇文章或一本書，這便是我所謂像念書般的演說表現。

相對來說，演說的冗餘成分，反而才能讓選手們表現得不像念書。比如內容中句末助詞的「了」、「嗎」、「呢」、「呀」、「吧」、「罷」、「啊」、「啦」；感嘆詞如「唉呀」、「啊」、「哼」、「呸」、「哎喲」、「咳」、「哦」、「喂」、「嗯」，「哎」；有點口頭禪卻不嚴重，如「而已」、「罷了」、「原則上」、

「基本上」、「總而言之」、「換句話說」；重要的話說三遍等等。

還有選手在語音上的特殊音色、獨特語調；臺風方面的創意手勢和儀態、特色穿著和標誌，以及令人側目的長相，都可視爲演說的冗餘，雖然不一定和演說的內容有直接的關係，卻可能是演說成敗的關鍵因素。爲什麼呢？原因就在於給評判老師留下深刻的印象。

我的說法並非空穴來風，就「訊息論」的角度而言，傳播效果好的訊息通常充滿著冗餘，所以文言文的傳播不如白話文，同樣的白話，書面文章的傳播又不如口語。如果我們再深究，同樣的口語，如果懂得用冗餘來包裝，聽似重複累贅的說話，我們卻不得不承認它讓人印象深刻，很難忘記。

或許有人不以爲然，難道那些善於耍寶、誇張虛僞的人做得對嗎？以後忙著包裝就好，不必重視內容了？恰恰相反！任何的包裝修飾，都要有堅實的內容作基礎，好的包裝只是錦上添花。因此，就像工商產品一樣，品質不好，再好的包裝都沒用，最後只能落得消費者「金質其外、敗絮其中」的評價了。

回到本文的主題，「訊息冗餘論」也支持演說不能像唸書的說法，為了更好的傳播演說的內容，不管是內容本身的冗餘，如上述的助詞、嘆詞、口頭禪或重複的詞語，如果不過分，都是有助於傳播的。其他如語音的輔助、臺風的強化，都會對訊息傳播有加分作用的，如果只是照本宣科，像唸書一樣演說，就無法發揮這些傳播的功能。

或許有人看到標題，會直截認為我是不是放錯範疇了？這不是應該屬於語音聲調的部份嗎？但看到這裡，大家就知道演說的各組成範疇不僅複雜，而且還環環相扣、密切聯繫，千萬不能掛一漏萬，要注意彼此的聯繫。

因此，我在上文提到特殊音色、獨特語調，以及創意手勢和儀態、特色穿著和標誌，都可視為「冗餘的訊息」，不可否認的，卻會影響評判老師的決定。難道這意味著我們為了求特殊，不惜譁眾取寵嗎？

事實上，譁眾取寵、不擇手段和出奇制勝、求新求變分享著同一個概念，只要記得「過猶不及」的古訓即可。更何況，比賽原本就是為了得名，選手使出渾身解數本是無可厚非，至於出自什麼動機，只有自己清楚，效果如何，則由評判來決定，就這麼簡單。

10. 舉好例子的基本原則

選手拿例子論證幾乎是常態，從頭到尾都不用例子輔助的不是沒有，像某些國小、國中的生活經驗性題目，只要把自己的經歷和體會講得精采生動，沒例子也無妨。

但是，誰敢保證手氣這麼好，評判老師也未必青睞自己認爲的美好，所以演說選手總是身邊帶著一堆資料，一堆希望隨時能派上用場的例子。

演說時常用的例子有兩種，一是言例，二是事例。前者出自於名人經典說辭，後者可能出自於古今名人、重大史實，或是特殊時事。手邊有取之不盡、用之不竭的言例和事例，絕對會讓選手信心十足，尤其是面對無法預先知道的題目時，充分的例子在手，就是上臺底氣的最佳保證。

然而，「有」並不代表一定「好」，我認爲，關鍵在於選手擁有的是什麼例子，以及在演說中如何展現這些例子。以下，我從例子的內容選擇和傳達形式兩個方面，建議選手們如何更好使用例子的幾個基本原則。

在例子的內容方面，我建議「古不如今」、「遠不如近」、「文言不如白話」、「言例不如事例」、「另闢蹊徑」等原則。「古不如今」是指不要總是舉孔子、華盛頓這些偉人，能不能改成聖嚴法師、賈伯斯呢？古人固然值得推崇，但今人卻讓聽眾覺得更新鮮、更親切。

「遠不如近」則是儘量找我們生活周遭的人舉例，不必談一些即使有名卻沒有共鳴的人物，由於我們是演說，不能像看文章般反覆推敲，舉我們相對熟悉的人當例子，更具說服力。

「文言不如白話」絕對是眞理，除了文言詞不好理解外，評判老師聆聽時根本沒有文字參看，如果選手還堅持文謅謅的用文言，是非常不體貼評判的行爲，我不建議這種做法。

我主張「言例不如事例」，原因是言例用得再好，評判品味的時間有限，反觀如果是事例，敘述事件的過程中，評判已然被引導進入事件情境之中，順暢的接受選手的觀點，這是再多的言例也無法取代的效果。

「另闢蹊徑」是我帶選手時奉行的準則，說穿了，就是爲了讓評判感到耳目一新，進而達到「出奇制勝」的目的。回想我指導教育大學組的選手時，剛好嚴長壽先生出版兩本大作，分別是《御風而上》和《總裁獅子心》，我的選手練習時引用書中的故事，因爲沒讀過，所以我聽起來非常新鮮，效果很好。

事後想想，評判們全部是老師，而且大多是學語文的，鮮少關心專業以外的事，提供給他們新鮮的事物不是很好嗎？搞不好還是得名的關鍵，何不嘗試一下呢？

從例子的傳達形式來說，我建議「多不如少」、「量不如質」、「精確簡要」、「主從有序」、「去蕪存菁」等基本原則。

爲什麼建議「多不如少」呢？因爲我聽過不少選手努力塞例子，似乎要展現自己很認眞，或者是自己講的很有說服力。可惜的是，有沒有說服力不在於例子的多少，例子太多反而讓聽衆消化不了，還可能有舉錯例子的危險，所以這是既不聰明，又危險的作法。

連帶著下一個「量不如質」的建議，其實我想強調的是「多不如少」、「少不如精」的原則，辛苦的堆砌許多例子，不管言例或事例，都不是好點子，找個經典又能搭配觀點的例子，用心的詮釋一下，反而更有說服力。

「精確簡要」是例子傳達的另一個重要原則，我聽過太多的選手沒把例子所蘊含的意義精確傳達出來，所以也談不上與論點有何緊密聯繫。更可怕的是，講言例時東拉西扯、講事例時囉哩囉嗦一大堆，不覺得離題又閒聊不止，讓臺下的評判聽得痛苦不堪，選手還洋洋得意，眞是不可思議。

我和選手們談使用例子時，總是會強調「主從有序」的觀念，爲什麼呢？因爲選手們往往有個例子在手，卻忘了自己的想法和經驗才是主角，須知再好的例子都只是輔助而已，不該反客爲主。

大家稍微觀察一下，不難發現許多選手把例子講得很完整、很透徹，自己的想法和經驗卻點到爲止，簡單帶過。這不對！我們評判要聽的是你的想法，例子只是幫助我們更了解你的想法，怎麼選手自己反而失守了呢？

我常發現選手在臺上講一個例子太久，導致時間急促，很多想表達的觀念只好放棄，弄得顧頭不顧尾，十分狼狽。

比如選手有三個論點，而且打算每個論點都講個事例佐證，這種作法很理想，但現實卻很殘酷，做起來往往不如人意。這是因爲，選手們講第一個事例耗時太久，嚴重壓縮其他論點和事例的時間，所以一場演說下來，不是頭重腳輕就是丢三落四的，非常糟糕。

因此，我建議選手使用例子前要「去蕪存菁」，規劃好傳達的時間，不斷練習如何篩選例子中最精萃的部分，同時練習好時間的掌控能力，否則就算做好了所有準備，自信滿滿，也難免白忙一場的悲劇了。

11. 學會自創美言金句

二〇一八年年底的九合一選舉中，最令人矚目的就是高雄市長後選人韓國瑜，他所創造的韓流效應席捲全臺灣，不僅為他奪取了高雄市長的寶座，還持續成為臺灣政壇舉足輕重的明星，「韓粉」瘋狂的擁戴，令人驚奇。

姑且不論韓市長非常勵志的從政史，也先不談他幽默風趣的表達和形象生動的比喻，以及口不出惡言的修養，他的「韓氏金句」總是令人印象深刻、朗朗上口，站在國語演說的立場來看，這種傳播方式非常值得我們學習。

比如為了突顯自己和高雄的困境，就有「禿子跟著月亮走」、「一碗滷肉飯，一瓶礦泉水」、「禿頭的不怕拔毛，放馬過來」、「我賣菜，但不代表我是吃素的」、「北漂青年返鄉」、「高雄又老又窮」、「現在每個高雄市民背著十萬四千塊錢的債務」、「心中有圍牆，很多路過不去」……。這些口號淺顯易懂，又直指人心，韓國瑜自嘲之餘，又帶著人們反思眼前困境。

另一方面，他為了強調自己的選舉訴求，提出了「打造高雄，全臺首富」、「讓臺北去弄政治，讓高雄來拚經濟」、「貨賣得出去，人進得來，高雄發大財」、「北韓的金正恩要吃燕巢的芭樂，我們都要賣」、「未來高雄施政99%興利，1%除弊」、「吃燒餅，哪有不掉芝麻的」、「沒有平坦的道路，人民不會給政治人物活路」等口號，一樣的明白清晰、目標具體，很容易打動人心。

演說的選手能不能學呢？當然可以，卻得先懂背後的思考邏輯。首先，我們要先想想聽眾要聽的是什麼？有勇氣、願意承擔的人物形象，這是高雄人對韓國瑜的期待；高雄長年來的經濟萎靡、負債驚人都是事實，需要有人來改變現況，高雄人從韓國瑜淺顯易懂的口號中看到了希望。

其次，從耳熟能詳的熟語、諺語、成語中添新詞。比如「北漂」原是大陸南方各省在北京謀職的群體，韓國瑜特指高雄人北上求職：「禿子跟著月亮走」是諺語，韓國瑜用來比喻自己和柯文哲的關係；「首富」是舊有詞彙，也曾是高雄過去榮景的代名詞，還有「活路」、「放馬過來」、「不是吃素的」、「心中有圍牆」等的語詞使用都是。

再者，把平鋪直敘的話語變得更形象化、具體化。比如北農總經理應該追隨臺北市長，韓國瑜就用「禿子跟著月亮走」表示；不畏懼任何勢力的威逼、迫害，他就自嘲性的說「禿頭的不怕拔毛，放馬過來」；高雄市債臺高築，他就用「現在每個高雄市民背著十萬四千塊錢的債務」突顯困境；希望高雄的農產大量外銷，就講「北韓的金正恩要吃燕巢的芭樂，我們都要賣」；爲了指出自己對未來高雄施政興利大於除弊的願景，就以極端比重宣示「未來高雄施政99％興利，1％除弊」……。

以往很多候選人的競選口號都很棒，幕僚們一定是絞盡腦汁、嘔心瀝血的，譬如陳水扁的「有夢最美，希望相隨」、馬英九的「我們準備好了」、蔡英文的「點亮臺灣」，柯文哲的「改變成眞，持續發生」……。但是，這些美麗的口號雖然驚艷一時，卻無法撼動人心，造成眞正的感動，甚至興起一股積極的行動力。

演說教練常希望選手們熟背名言佳句，比如福祿貝爾說：「教育之道無他，唯愛與榜樣而已。」、狄更斯：「這是一個最好的時代，也是一個最壞的時代。」、高爾基說：「智慧是寶石，如果用謙虛鑲邊，就會更加燦爛奪目。」、羅曼・羅蘭：「最難忍受的痛苦，或許是想做一件事卻又做不了。」……。

我並不反對選手背些名言佳句，積學以儲寶，在演說中如果能侃侃而談，有時信手捻來，引經據典、口吐蓮花，當然是很值得鼓勵的。

平心而論，這些名言的確有加分效果，感動聽眾的程度卻十分有限，而且常常有鞋大腳小的尷尬情況，無法眞正的「畫龍點睛」。

既然如此，選手何不學著自創名言金句呢？既符合自己的口語習慣，又能貼合題意和主張，養成習慣之後，這樣的表達技巧完全可以通用於各種情境，豈不是妙事一椿？！

那麼，我們要怎麼練習呢？很簡單，除了欣賞政商名人，甚至是演藝人員的口才外，有時可以試著把名言佳句改編，再融入自己的演說內容中，尤其養成在表達一個觀念前，先不直說明說，而是用個比喻後帶出，效果更好。此外，選手評論事件時可以拿古今人物比附，將會使評論的內容更具震撼力和說服力，所以不妨偶爾嘗試一下。

12. 隨身筆記本妙用無窮

人生處處有感動，有的是日常生活中的片段，一個畫面、一個動作、一個景物，乃至於一個微笑、一個皺眉、一個回眸；有的是書本網路上的消息，快樂的、揪心的、迷惑的、傷感的、興奮的、無奈的；有的是求學工作時的觸動，有驕傲的、尷尬的、欣喜的、痛苦的、幸福的、怨恨的……。這些都是瞬間即逝的，爲了捕捉它們，您絕對需要一個隨身的筆記本。

我一直覺得演說場上最動人的是選手自己的經驗，可惜長久被忽略了，大家總是認爲別人的最好，偶爾聽到一、兩位願意分享的選手，不知爲何，我卻無法聽出其中的感動。

爲什麼選手講別人頭頭是道，提到自己的卻如此簡化、敷衍，甚至粗糙呢？這不就等於是抱著自己的琵琶，卻永遠在彈別人的曲調嗎？實在非常可惜，千萬不要妄自菲薄。

另一種可能性就是不善於捕捉當下的感動。所有的成名作家都很珍惜自己的靈感，而靈感通常是來自於周遭事物的觸發，一點都不神秘，所以古人說「物之感人」是藝術表現的觸媒。

如果不善於捕捉下來，然後趕快形諸文字，那份感動將隨風而逝，即使記得所有細節，感動沒了，味道也沒了。

因此，我一面鼓勵選手珍視自己生活中的所有經驗，同時，我也建議選手要捕捉當下的感動，把它們寫下來。一下子滿足這兩方面需求的最好做法，就是準備個隨身的筆記本，然後勤於動筆記下感動吧！

這個筆記本既然要隨身，就不必大，不見得天天記，也可能一天記很多起事件，所以不必是有日期的。有了日期，如果跳的天數太多，處處都是空白，反而有負罪感，所以最好是沒有日期的。

我建議把這個筆記本分成三欄：一是「摘要欄」，一是「連結欄」，一是「聯想欄」。「摘要欄」是觀念、動作、事件、訊息的內容，選手試著用三言兩語，或是關鍵字的方式摘要，不必太過詳細，我也建議以周爲單位整理隨身筆記，屆時回想這些內容時若需要增添再說，否則摘要儘量簡化比較好。

「連結欄」是指可以用到演說的哪些主題之上。當然，這一欄不必在事件發生時就寫，完全可以在「摘要欄」和「聯想欄」完成後再動筆就行，即使一段時間之後，認爲還能再增添一些主題也無妨，這就代表選手對這個事件有更多元且深層的體會了。

「聯想欄」則是隨身筆記本的重中之重，它包含兩個部分：一是選手摘要自己的經驗後，將當時的感動迅速寫下來，所以它和「摘要欄」是隨身筆記本內最早完成的兩個部分；二是我在另章寫到的「立體開發演說材料的方法」，選手在這裡把初步開發的成果也寫下來，它是後續且可以不斷發展的部分，通常和「連結欄」的做法相互呼應。

如果按照時間的順序來說，選手經歷到有感覺的人事物後，馬上在隨身筆記本的「摘要欄」寫下有哪些經驗，然後在「聯想欄」道出當下有何感動，三言兩語，不必長篇大論，當周有空時再做細節的修補。最好是當天，就針對「摘要欄」和「聯想欄」的內容和感動，補上「連結欄」可能觸及的演說主題，而且持續地在「聯想欄」開發對該事件的感動深度和廣度。

這麼一來，我相信選手以後講自己的經驗時將不再心虛，信手拈來，完全可以抒發自己的感受，而且在深度和廣度上盡情開發，讓自己的經驗變得充滿內涵與格調，一定會讓評判老師非常肯定的。

不過，選手寫隨身筆記必然有慢慢進步、成熟的過程。選手通常一開始覺得啥都能記，或是認爲啥都不值得記，事後才驚覺好像某某事應該記記看，當下放棄，悔之晚矣，這都是很正常的現象。

只要不是半途而廢，或是想著投機取巧、應付了事，日子一久，選手們記的東西會越來越重要、有深度，而且對經驗的感動也會更深刻，引發的立體思考開發必然越來越靈活、豐富。

但是，教練得從旁督促，否則時間一久容易懈怠，而且常和選手討論筆記本中的內容，聽聽他們的想法，有時不妨也提供一下不同的觀點，卻絕對不可以越俎代庖，或否定選手原來的觀念。

第5章

各組演說實例分析與建議

1.我心目中的英雄——國小組

這是一○五學年度全國語文競賽國小學生組第一名抽到的題目，由於主辦單位賽後已經整理、出版了演說內容全文，大家可以前往參閱。所以，我就拿它當例子，談談國小組的選手怎麼運用簡單又特殊的例子，將自己的想法和盤托出，以爭取評判老師的認同。

擔任國小組選手的教練很不容易，既不能拿自己的主觀意見取代選手的想法，也不能只讓選手去背大量的材料，因爲那還是強加身外之物給選手，無法應付多變的題目，稍不留意，就會有揠苗助長的可能性。

因此，我們要讓學生自己能產生觀點，經驗過的事務就有所感受，在即席演說的場合裡，才能夠順暢自然的表情達意。換言之，讓選手順暢的表達自己，就是我們當演說教練的存在價值。

但憑良心說，這並不簡單，所以有些教練寧可指導年紀大一點的國中、高中生，卻對國小選手搖頭，原因之一，竟然是缺乏生活經驗和理解能力。

很神奇的，相同的感嘆也出現在其他語文活動，比如學生作文寫不好、讀書看不懂、聆聽效率差，理由都一樣，就是缺乏生活經驗和理解能力。

簡單粗暴的歸結爲這兩個原因，我認爲實在不應該。當然，我們不能否認學習的進階過程中，學生的經驗和能力有不足之處，但這不是持續學習的目標嗎？只要方向正確、循序漸進、合理檢核，儘管學生的生活經驗有限、理解事務的能力有待加強，只要我們願意相信、不斷引導，屬於學生最純眞的感受將如泉湧而出。

或者換個角度講，小朋友對很多事物是有感的，儘管是幼稚粗糙的，卻是眞誠不欺。小孩子講天眞童語，有什麼錯？難道非得變成一個個小大人嗎？我推測老師們不願接受的原因有二：一方面是拿自己的標準要求孩子，一方面是擔心他們無法與他人競爭。

這麼一來，孩子們慢慢地不願提出自己的意見，反正會被斥責，所以被動接受、懶得思考的習慣便漸漸養成。老師或許欣喜於孩子們終於不是異類了，但千人一面，語文的表現便再無新意，這時，老師的另一波責難又產生了：「爲什麼沒有想法？！」，孩子們只能束手無策，再也回不去了。

因此，我建議教練們如果想讓您的國小選手展現自我，能否多花點時間聽聽他的想法？不要一開始就告訴選手該怎麼說，相反的，而是選手想怎麼說，教練我再給你些建議。

此外，我建議教練從選手的生活開始定題，一次一個，但凡選手曾經驗過的，無論是自己的經驗，或是曾有的各種見聞，主動講的一定是有興趣或印象深刻的，在教練的鼓勵下，選手就可以暢所欲言、不受束縛，這對即席演講非常重要，因爲敏銳的思考和樂於分享的心態，都是獲勝的要素。

我們這次討論的這位選手就是個典型，整篇演說的內容只談「佐賀阿嬤笑著活下去」書中的主角—佐賀外婆，沒有其他人物出場。從演說的內容來看，這位選手似乎對佐賀外婆眞的特別喜歡，所以在「我心目中的英雄」這個題目裡，他把「英雄」界定成有生活智慧的人，而不是像一般小朋友總會舉類似超人、鋼鐵人、美國隊長等卡通人物，或是孔子、賈伯斯、王永慶等知名人物，讓評判老師耳目一新，或許這正是他能夠掄魁的關鍵吧！

從這位選手列舉佐賀阿嬤的系列言行來看，他的確體會很深，也一層層積累了聽衆的信賴感。茲摘錄片段如下：

有一次佐賀外婆的孫子德永昭廣的成績單上，全部寫著一分或兩分，總分是五分。佐賀阿嬤看了並沒有生氣，反而笑著說：「人生就是總和力，加起來就有五分了，不是每個人都可以成爲了不起的人，有人用頭腦，也有人用勞力，社會就是靠總和力才成立的。就算遇到難過的事情，佐賀外婆還是保持著自己開朗的態度，也讓我深深敬佩著她。……還有，佐賀外婆還有一顆非常聰明的頭腦，她總是會想出很多節省的絕招，像是她會把磁鐵綁在線上，在路上到處走，然後再把路中吸到的廢鐵製品，拿去換錢貼補家用，外婆還說：「如果只是呆呆的走路，那有多可惜啊！」就算她過的是貧窮的日子，但她還是能把智慧運用在生活中，所以我很敬佩她。

從上面的內容，我們完全可以肯定這位選手對佐賀阿嬤的鍾愛程度。試想，如果講自己「心目中的英雄」，卻只是不鹹不淡的講幾個偉人事蹟作罷，何來說服力？我想當時的評判老師絕對有同感。

從這位選手的表現來看，指導國小組的選手不必太複雜，更別企圖強加大人的想法或繁瑣的演說技巧。其實一點都不難，教練就只是協助選手找出生活經驗中最有感的部分，好好回憶其細節，然後提出自己的感受和想法，教練只要陪伴、聆聽，給些作爲聽衆感受的建議即可。

我以往的評判經驗裡，每每看到國小組被過度包裝的選手們，總是渾身不自在，這倒不是怪教練們不用心、選手們太懈怠，恰恰相反，過猶不及，反而是教練把國小孩子們最純眞的氣質磨掉了。試問，如果缺了這個部分，與其他組別有什麼不同？難道非得在各組立一個得獎樣板才行嗎？值得我們從事演說教育的夥伴們好好思考一下。

2.意外的生日禮物——國小組

這是一〇三學年度全國語文競賽國小學生組第一名抽到的題目，由於主辦單位賽後已經整理、出版了演說內容全文，大家可以參閱相關資料。所以，我就拿它當例子，談談選手在審題時常常遇見的一些問題。

反覆閱讀這位選手的演說內容，我必須肯定他的冠軍絕非浪得虛名，因爲國小的學生能把生活的特殊經驗轉化，再與國際運動盛事結合，最後回過頭來扣合文題，實在非常難得。

具體來說，這位選手能以親身經驗舉例，讓人倍感親切，彷彿這次的特殊感受歷歷在目，吸引人不由得陷入事件情節之中。此外，由於他的思路嚴密、層層迭代，使得最後的結論極具說服力，所以，他能獲得評判老師的一致好評，也是意料中的事。

儘管如此，這位選手的問題還是非常明顯的。就整篇演說內容來說，這位選手敘述德國選手波爾因誠實而獲得敬重的事件，「那是一場在上海舉行的世界桌球錦標賽，由中國選手劉國正與德國選手波爾對決……波爾雖然輸了比賽，卻贏得全場觀眾對他的敬重。」事件敘述竟佔了三分之一的篇幅。

接下來，則是講選手自己如何在行動上精進球技、行爲上誠實無私，「我是我們學校桌球隊隊長……但爲了繼續精進我自己的桌球能力，所以我堅持了下來。」這個部分也佔了近三分之一的篇幅。

爲了證明選手將誠實內化到生活之中，所以後面又舉了自己誠實歸還同學書的例子，以強化自己不做說謊孩子的決心，這樣就點出了父母希望選手學習波爾精進自己的球技，以及誠實的品德，面面俱到，沒有任何遺漏，所佔篇幅約四分之一強。這段的內容是：

俗話說的好，靠山山會倒，靠水水會逃，只有靠自己自立自強，才能東方不倒，所以我才能成功的晉級桌球前四強，爸爸媽媽更希望我能學習波爾的誠實品德。有一次，我向我的同學阿康，借了一本一百個啓發小故事，珍藏本，正當我在學校津津有味閱讀時候，心裡突然產生了一個想法，反正不是有句話說，借書不算偷嗎？就乾脆占為己有好了。但當我回家看到波爾的海報，我驚覺我怎麼成了說謊的孩子，所以我趕緊將書還給阿康，向他說明來龍去脈。……

聽完了桌球賽場上令人敬重的事，又了解選手鞭策自己的刻苦訓練，以及誠實不說謊的行為。最後，選手的總結是：

這件意外的生日禮物，不僅告訴我，要繼續精進自己厲害的球技，以及誠實的品德，這樣的做人道理，是我一輩子都要珍藏的……。

有了這樣的結論，看來父母送的生日禮物和期許沒有辜負，這種前後呼應的布局方式值得我們喝采。但是，「意外的生日禮物」這個題目好像沒有被突顯，姑且不論「意外」這個關鍵詞，連「生日禮物」的特殊性都體現不出來，甚至連一般禮物都不是，勵志是勵志了，送給小朋友如此勵志的禮物實在不多見，更何況是「生日禮物」？

可能有人會怪我斤斤計較，或許吧！但更多人會覺得這種表述方式太理想化了，雖然沒有那種蔣公看魚逆流上游，就明白人生該奮發向上的道理這麼扯，但這樣高調道德取向的內容，總是難以逃過聽衆的質疑。

此外，父母送給小學生兒子的「生日禮物」是張海報，然後要求他學習偶像的毅力和品德，或許選手的父母眞是如此，但這實在與一般家庭的現況差距過大。須知，人們很少被崇高而偉大說服，反而很能接受平凡中的不凡行動，然後興起見賢思齊的衝動，這些對一個小朋友而言，實在太沉重。

事實上，這篇演講內容最大的問題還不在「生日禮物」上，而是「意外」。如果以我的審題點分析法，選手本身是「立足點」，「生日禮物」是「切入點」，「意外」則是「發揮點」，這場演說最讓人期待的不是「生日禮物」本身，而是爲什麼這個「生日禮物」是「意外的」？過程中發生了什麼，所以選手認爲這個「生日禮物」是「意外的」？

我想再度強調，這位國小選手講得算是很不錯了，只不過全篇聽完給我們的感覺就是「奮鬥」和「誠實」兩種美德，題目中的「生日禮物」和「意外」兩個主題，卻被隱藏住了，這是讓人感到納悶的地方。換句話說，「生日禮物」只是爲暢談這兩項美德的引子，「意外」卻未被突顯，這麼一來，儘管演說內容很勵志，卻有離題的危機，這是我要特別指出的。

因此，教練可以建議選手把「意外」說得很搞笑、有趣，也可以醞釀得很感人，只要「意外」本身夠具體、夠合理，偶而誇張一點也無妨，至少可以點出題目中該著重發揮的賣點。

但是，「意外」的最基本意義「料想不到」千萬不要棄守，否則容易讓聽眾不明所以。若這位選手堅持目前的演說內容，恐怕題目改爲「生日禮物的意義」，或是「生日禮物的背後期待」、「我從生日禮物得到的收穫」……（因爲總篇幅約佔四分之三強）更合適些，否則由於「意外」的最基本定義已然完全喪失，文不對題的狀況就變得非常明顯了。

總而言之，從這位選手的演說內容中，我們不難發現一些問題：首先，比賽前準備一些好事例，固然是得分的關鍵，但過度理想化的詮釋方式卻不是好事；其次，沒有做好審題的工作，就算再好的事例，完美的詮釋處理，仍然無法避免離題的危險；再者，我還是強烈建議從選手的生活經驗出發，即使不可避免勵志性的結論，與其讓人質疑眞實性，不如平實地說自己的感受就好。

3.難忘的身影——國中組

這是一〇五學年度全國語文競賽國中學生組第一名抽到的題目，由於主辦單位賽後已經整理、出版了演說內容全文，大家可以參閱相關資料。所以，我就拿它當例子，聊聊自己的生活經驗可以怎麼提煉、昇華，才能成爲感動人心的素材。

我曾經在準備內容的部分建議，選手不妨隨身帶個筆記本，把生活的一切經驗寫入筆記本中，經過一番處理，就是一則則足以感動人心的材料。由於這些獨特經驗不可能被複製，選手又是親身經歷，所以特別能夠感動聽衆。

但是，這並不意味著我反對增廣見聞，多去吸收名言佳句、古今中外著名事例，相反的，儘管這些無法與親身經驗相比，但在某些題目或不同組別的演說中，還是非常重要的素材。可是在我看來，即使是這些著名事例，如果沒有選手自己的理解和體會，也很難與題目結合，進而感動聽衆，所以隨身筆記本的效果依然存在。

國小組和國中組就是，每位選手只有四至五分鐘的時間，如果想要提出幾個論點申述，奈何選手年紀小，這種作法也太過老成，不太符合選手的身分。能多舉幾個例子嗎？這顯然不合實際，不僅因爲時間太短，有限的時間裡要塞太多的例子，只能蜻蜓點水，意義不大。

難道沒觀點、只舉一個例子也行？當然不是，只是因時間有限，不得不只舉一個例子，而且觀點就隱藏在事件的敘述之中。這是一個很聰明的做法，既不超過時間，又不造成聽衆的負擔，容易集中表情達意，特別適合只有四至五分鐘的國中、國小組的選手。我現在要分析的「難忘的身影」演說內容，就是這種作法的典型。

依照我所建議的審題點，「立足點」是身爲國中生的選手無誤，「身影」則是「切入點」，由於「發揮點」的「難忘」不是「最難忘」，所以「身影」不限一個，只要符合「難忘」的標準，選手可以說出很多個「身影」。但是，多說幾個「身影」，就得相應的提出幾個

「難忘」的理由，時間卻只有四至五分鐘，可能嗎？所以，這位冠軍選手只說了黃昏市場賣彩卷的老人身影，並且道出他的感受和想法，我認爲這是個聰明的決定。

無疑的，選手說的「黃昏市場賣彩卷的老人身影」是他親身的經驗，「難忘」的原因也絕對是自己的，無須拾人牙慧，所以其獨特性無可取代，很容易獲得共鳴。然而，看到辛苦的老人身影會湧起惻隱之心，並不是選手特有的，所謂的「獨特性」該如何突顯呢？這就是我想要特別說明的部分。

我認爲，首要的「獨特性」元素是細節，選手要把事件的細節交代清楚，「獨特性」很容易就被識別出來。以下是這位選手演說內容的節錄：

我只注意到他的彩券這麼厚，結果隔天再來的時候，我發現還是這麼厚。我開始觀察他，他一次一次的伸出，被一次次的推回；他一次次的叫賣，被一次次的無視；他一次次的徘徊，被一次次的厭惡。每個人對他都是冷漠無情，他好像心中一團熱情，但是別人給他的全是冰水。後來等我要離開黃昏市場的時候，那位老伯走向前來，他遞給我一張彩券，他跟我說：「小弟弟，一張五十塊，有買有機會喲！」但是媽媽死拉著我的手快步離開，留下一個身形佝僂的老人，在那裡獨自神傷。

即使類似的生活經驗，不同人所觀察到的細節也不會相同，所以選手該生活經驗的「獨特性」就不難彰顯。更重要的是，選手對細節的仔細描述，將有助於下一個「獨特性」元素的暖身，那就是針對該事件的感受和想法。

接下來，想讓生活經驗具備「獨特性」的第二個元素，就是選手要有自己的感受和想法。這位選手的說法是：

原本只是一個很一般的推銷經驗，但是他在心中激起的漣漪，卻久久無法平息。因爲這個身影，他讓我看到的是這個社會的距離感，他讓我看到的是老人無法頤養天年的困境，他讓我看到的是現在缺乏的愛與關懷。如果那個時候我可以給他一個擁抱，或是一句親切的問候，甚至是掏出五十塊，買那麼一張彩券，我相信他絕對不會暗自神傷，他會開心一整天。

每個人都有自己的故事，選手看到賣彩券的老人後，提出他以爲的「缺乏愛與關懷」，是否就是事實？不重要，聽衆在意的是選手眞有所感，所以選手最後的感發就變得順理成章了。其內容如下：

有人説，生命是一本翻開就回不去的書，在人生中，有許許多多不同的十字路口，不管我們選擇了東、南、西、北，我們永遠想要重頭來過。而這個難忘的身影，他正是在提醒我，不管任何事情都不要後悔。我那個時候因爲我忘了掏出那五十塊，我忘了那句問候，我忘了那一個擁抱，所以至今我後悔，爲什麼我沒有做出那一個行動。但是，向後望也要向前看，如果只是一味的沉浸在過去的後悔之中，我們會永遠駐足不前，因此，這個難忘的身影，它掛在我的心上，它提醒了我，而我也會在未來的路上，繼續開創屬於我們的無憾人生。

先提到之前的後悔、遺憾，到之後的希望無憾，水到渠成、自然而然，沒有任何的虛情假意。看來，一個例子也絕對可以說得很精彩、很深刻，讓聽衆也爲之感動、讚賞。

4. 國中生不能錯過的生活體驗

——國中組

這是一〇四學年度全國語文競賽國中學生組第一名抽到的題目，由於主辦單位賽後已經整理、出版了演說內容全文，大家可以參閱相關資料。所以，我就拿它當例子，談談選手決定論點時常見的一些問題，以及如何將論點加以包裝呈現的做法。

在深入討論之前，我想聲明的是對國小、國中組選手而言，面對臺下四位有些年紀的評判老師、參賽的其他三十幾位選手，以及大大的鏡頭和麥克風，還能侃侃而談，已是平常過關斬將的實力展現，如果進而獲得所有評判老師青睞，榮登第一名，是非常不容易的事，值得我們用力喝采。

但是，所有教練和選手都要很清楚，根本沒有十全十美的演說，我們希望好還要更好，儘量趨近於完美是我們共同的目標。我選擇幾年間各組的第一名來分析，除了他們的演說內容已經透過文字出版，可供大家參考，大家欣賞他們的內容之餘，還可以聽聽我的建議，不是很好嗎？所以我不是吹毛求疵，或者是想挑戰當時評判的決定。

曾經身爲一位演說教練，我知道被我訓練的選手心裡會想：「意見這麼多，不然你來做做看！」這是一種幼稚的觀念，教練上臺的優不優秀，和訓練選手沒有直接關係，更何況教練再怎麼優秀，除了少數例外，也代替不了選手不是嗎？放下幼稚的逆反情緒，好好地聽聽建議吧！我希望讀我建議的您，也有這樣的體認才好。如果您是位教練，當然有自己的幾把刷子，但何妨與同行切磋一下，相信對您未來的工作也是很有幫助的，我自己就是這樣。

如果按照我的三個審題點來看，「立足點」是身爲國中生的選手，「切入點」則是國中生的生活經驗，「發揮點」便是「不能錯過」的理由、事實或做法。國中組的選手來講國中生的生活經驗，自然無可厚非，但每位國中生對「不能錯過」的看法，卻不盡相同，這就是演說內容的精彩之處。

回到這位選手的演說內容。依照我的審題和立論原則，「國中生不能錯過的生活體驗」可以朝Why、How和What去思考，分別是「國中生爲什麼不能錯過××生活體驗」、「國中生如何不能錯過××生活體驗」、「國中生不能錯過什麼生活體驗」三個思考路徑，很明顯的，這位選手是採用第三種路徑。平心而論，從題目表面看或一般的討論習慣，第三種路徑也會是首選，而且通常會把Why的思考一起帶進去。

這位選手在What的思考下，提出了「閱讀」、「旅遊」和「競賽」三個論點，作爲他「不能錯過的生活經驗」的內容。這三個論點是討喜的，因爲作爲一位國中生，「生活經驗」理應是以學習爲主，此外，這位選手取用的例子也的確非常生活化，比如講「閱讀」時提到三位作家和他們書中的內容；「競賽」則以學生們「明天都會面臨段考」爲例，特別容易激起共鳴。譬如「閱讀」的部分，選手提到：

首先，我認爲，國中生不能錯過的生活體驗，就是閱讀。因爲在閱讀的當下，我們可以豐富我們的心靈。有人說，閱讀它就像是發現新大陸，它像是征服新土地，在閱讀的過程中，我們會跟著作者遨遊天際。我喜歡跟著羅琳女士暢遊霍格華茲學院。我更喜歡跟著龍騎士艾瑞岡共同對抗那邪惡的哥巴塔爾的國王。我喜歡跟著王溢嘉上那寶貴的「青春第二課」。在閱讀的過程中，我們看到了許多，各方面他們豐富了我們的心靈，因爲在閱讀的過程，我們可以看到作者與自己不同的見解，以及他們妙筆生花的寫作技巧，那每一個字都豐富了我的心靈。

這段中選手表達了他認爲不能錯過的經驗是什麼，而且把不能錯過的理由說明清楚，並以具體的閱讀經驗，與聽眾分享讀不同的書籍所帶給他的美妙體驗。這是一種非常完整、深入的表述方式，令人激賞！

尤其是「旅遊」的部分，選手特別提到自己在日本與高手對弈的經驗，更讓人印象深刻，其演說的內容如下：

因爲我最喜歡下圍棋，而日本正是一個圍棋盛行的地方，我到了那邊的日本棋院—關西總部，和那邊的高手進行對奕。……有人說下棋叫做守壇（應該是「手談」吧！似乎語文競賽專輯的編輯們沒有注意到），黑白雙方交淺言深，每一步棋都是我們的肺腑之言……。

全篇內容中，我對這個部分的生活體驗印象最深刻，因爲它很特別，而且有深刻的意義，我想當時的評判老師也有同感，這是其他「閱讀」和「競賽」兩個論點的例子，絕對無法比擬的。

如果我是這位選手的教練，我會引導他能不能把「生活體驗」的範圍拉開一點？原先的「閱讀」、「旅遊」和「競賽」不是不好，而是太集中於學習了，「閱讀」和「競賽」自然不在話下，連「旅遊」的例子都在「學習」上詮釋，恐怕太狹隘了吧！

社會大衆往往批評學生的生活經驗狹隘，所以寫不出有內容的東西，這位選手的思考方式，不管是他自己想的，還是來自於教練的指導，正符應了這樣的窘境。我們不能因爲手上有把榔頭，就不管看到什麼東西都當成釘子，因爲這是畫地自限的行爲啊！

難道生活中沒有喜怒哀樂的情緒嗎？難道生活中缺少成功和失敗的體驗嗎？除了學習之外，與人交流、互動溝通、社會參與、完成任務、解決問題……，凡此種種，都來自於生活當中，都需要我們眞切的體驗才會有所感悟，選手可以試著有所開拓，演說內容便可更加精采豐富。

5. 校園倫理之我見——教師組

這是一〇三學年度全國語文競賽教師組第一名抽到的題目，由於主辦單位賽後已經整理、出版了演說內容全文，大家可以參閱相關資料。所以，我就拿它當例子，聊聊選手怎麼在嚴肅的主題下，運用自己的生活經驗，深刻的詮釋出引人注目的觀點。

首先，我們先來討論一下「校園倫理」這個題目，以及他所涉及的範圍。當然，選手不可能花所有的時間談「校園倫理」的定義，但明確了「校園倫理」的範圍，再鎖定自己的討論焦點，卻是審題前很重要的準備工作。

無疑的，「校園倫理」包含了教室裡的師生、生生關係，但校園裡的倫理則包含了行政人員與老師、學生之間的關係，有時甚至可以把教育合夥人－家長也拉進來，這個倫理關係就變得複雜很多了。

由於這是個教師組的題目，從教師的角度來看，恰好是所有校園倫理關係的樞紐，包括行政人員、家長和學生，都和教師有很密切的倫理關係，所以選手可以任意選擇其中之一的關係討論。

或許有的選手說：「既然如此，那我就全部都談吧！」我建議絕對不要，選擇一種關係就好，因爲演說時間太短，而且想什麼都談，只能浮光掠影，沒法給聽衆明確的訴求，勢必得名無望，白忙一場，那又何必？！

接下來，我們就可以運用三個審題點來處理題目了。我建議的「立足點」當然是具有老師身分的選手而言，「切入點」則是「校園倫理」無疑，以這位老師的講法來說，他強調的是「和諧的校園倫理」，所以他的演說內容有：

……彼得克拉克在後資本主義這本書說道，學校越來越像是一種合夥事業，那麼學生也是我們的合作夥伴，校園倫理，從簡單的角度來看，那就是尊師重道，那就是教學相長。可是，隨著教育環境的改變，隨著學生自我意識的提升，校園倫理開始產生一些不必要的矛盾以及衝突，那麼如何調適師生關係，如何讓校園的倫理更和諧？……

很明顯的，這位選手要講的「校園倫理」是師生關係，而且所謂「和諧的校園倫理」，應該就是和諧的師生關係。那麼這個「和諧的師生關係」是什麼呢？選手一開始便引用彼得克拉克的書說「學生也是我們的合作夥伴」。但奇怪的是，為什麼後來又大談「尊師重道」，甚至連「教學相長」都跑出來了，而且還把矛盾和衝突歸結於學生自我意識的提升。

這就讓我們懷疑，選手心目中的「和諧的師生關係」到底是「合作夥伴」關係，還是「尊師重道」、消弭學生自我意識的上下關係呢？

所幸，由於題目是「校園倫理之我見」，「發揮點」就很自由，只要是環繞著「校園倫理」的議題都可以談，比如意義、價值、功能、做法、影響等，選手可以自由選擇發揮。順著上面討論的「切入點」，這位老師選擇的是如何讓校園倫理更和諧，也就是朝「怎麼做」上去發揮。

令人驚豔的是這位選手很有創意，竟然運用「塑化劑」一詞，巧妙的串連如何讓校園倫理更和諧的三種做法，或許這是他能夠奪冠的關鍵吧！它們分別是：「以品德教育塑造學生的行爲基礎」、「以生命故事轉化出學生最正確的態度」、「校園間增添奉獻付出的增強劑」。

看來，這位老師心中「和諧的師生關係」並不是合作關係，而是傳統的教化關係，所以一開始所引的彼得克拉克言論，在後續的演說內容中根本沒有一席之地，十分可惜。

然而，我覺得最可惜的還不是這個，身爲一位評判，我好奇的是老師如何將理念帶進課堂，如果談的是做法，我會更期待聽到具體的實施過程，原因很簡單，就是無可取代、別無分號。我失望了，這位老師選手的說詞是：

首先，是以品德教育塑造學生的行爲基礎，孔子在教育學生時，總是提醒他們要入則孝、出則弟、謹而信、汎愛眾、而親仁，行有餘力，則以學文。品德教育是一切思想行爲的基礎，所以在教學中，我們十分重視品德教育的養成。如果以三角圖像來代表一個人，我們往往注意到三角形頂端的知識、學問、成就、學業，往往忽略了以冰山理論來說，其實影響一個人最重要的是底下95%的內隱成分，也就是自我特質與品德修養。……所以在教學中，我不會只是告訴學生要往前衝，不後退，這樣他會忘記師生間該有的謙讓、關懷，我不會教導學生只要做醫生賺大錢，這樣他會忽略了老師在他身邊對他的叮嚀、關懷。教師是學生的人格導師，我們要引領他們塑造最正確的價值核心，這樣校園倫理才能更和諧，師生關係才能更溫馨。

我失望的是沒看到品德教育塑造學生行為基礎的做法，選手只是不斷提出他為什麼這麼做的理由。即使到這段的後面，選手還是一直強調「我不會……我不會……」類似宣示的口號，沒有具體的做法，或許臺下的評判更想聽到的是「我會……我會……」，而且有具體的例子和過程吧！

更何況有了品德教育，校園倫理就能更和諧嗎？或許恰好與事實相反吧！演說的內容似乎也有些不合邏輯，難道往前衝和當醫生賺錢，就一定會忘記謙讓、關懷，忘記老師的叮嚀嗎？不一定吧！更重要的是這和品德教育的關係是什麼，演說內容中則完全沒有交代。

更讓我驚訝的是「校園間增添奉獻付出的增強劑」的部分，竟然從師生關係變成了生生關係，然後又扭轉回師生關係作結，實在非常奇怪。其演說的內容如下：

……孩子們在校園爲什麼會有衝突呢？有時候跟同學衝突，有時候對同學叫囂，因爲他們沒有辦法做到奉獻付出，所以我會提醒他們要記得奉獻付出，作爲校園倫理的增強劑。十年修得同船渡、百年修得共枕眠，不知道要多久才能修足這一場師生的情緣，所以我十分珍惜。期望我的努力能夠爲校園倫理，帶來更溫和的春風，帶來更明亮的希望。

前兩個論點是立足於師生關係，最後一個馬上跳成生生關係，實在讓人有點傻眼。問題是怎麼讓學生們「記得奉獻付出」呢？這才是聽眾最想知道的，可惜這位選手根本沒時間講清楚，所以只能淪爲偏失主軸下的空談而已。

6. 社會亂象中，如何培養學生慎思明辨的能力——教師組

這是一〇五學年度全國語文競賽教師組第一名抽到的題目，由於主辦單位賽後已經整理、出版了演說內容全文，大家可以參閱相關資料。所以，我就拿它當作例子，聊聊特殊的題型下，如何聚焦論點和鋪陳佐證言例、事例的一些小技巧。

這個題目出在教師組，當然「培養慎思明辨能力」的對象是學生，而且既然有「如何」兩字，所以立論的重心自然是放在「怎麼做」之上。然而，在這些條件之前，卻有所謂的「社會亂象中」這個學習場域，因此，老師「培養慎思明辨能力」的前提，是在「社會亂象」的大

環境下，而不是在平時、常態下的教育環境，這是選手要特別注意的環節。

或許有人會納悶，平時「培養學生愼思明辨的能力」，和「社會亂象中」培養這樣的能力有什麼不一樣嗎？當然有，出題老師特別強調「社會亂象中」，顯然是要選手的內容有針對性，配合著社會時事來談。這麼一來，演說的內容比較不會空談，更因爲有明確的對象，「怎麼做」的思考將更具操作性了。

因此，回到我建議的三個審題點：「立足點」是高中老師的選手；「切入點」是社會亂象中培養學生愼思明辨的能力；「發揮點」則是如何去培養這個愼思明辨的能力。基於此，選手在形成「怎麼做」（How）的思考路徑前，或許應該先想好「社會亂象」是什麼，然後再想想如何從自己的教學活動中，融入對治社會亂象的愼思明辨能力。

這位選手很聰明，在進入論點之前就已經透過師生的對話突顯重點，讓接下來的論點很自然的在「社會亂象」的前提之下了。他的說法是：

幾年前，過年前的時候，我上山去賞花，我看見了滿園的水仙花，水仙花香撲鼻，沁人心脾。開學之後，我把我的收穫分享給學生，沒有想到學生卻回我：「老師，妳怎麼知道那不是加了香精呢？」我從來沒想過學生會這樣回我，學生又問：「老師，我們從小生長在一個充滿欺騙的時代，我們看到詐騙，看到食安危機，我們不知道自己可以相信些什麼？」一句話點醒夢中人，這讓身爲高中老師的我開始思考，從小生長在社會亂象中的孩子，我要如何去培養他們愼思明辨的能力呢？

由於選手是高中老師，這些出自於高中生的質疑並沒有什麼奇怪的，但這樣的開頭，一下子就把「社會亂象中」的演說場域聚焦起來，不至於有偏題的顧慮了，這是値得我們學習的地方。

這位選手運用「怎麼做」（How）的思考路徑，形成了三個論點，分別是：「我要帶孩子理性思考、不盲從」、「我要帶孩子擴展視角、不概括承受」、「我更要帶孩子具體行動，博學、審問、愼思、明辨、篤行，篤行之後，拓展視野，增加博學，而形成了一個循環」。在這三個論點之後，分別搭配高中女孩美顏潮流、劉邦在〈項羽本紀〉和〈高組本紀〉的形象差異，以及「我們在島嶼寫作」的課堂中得知小農故事的眞相。

如果由我來建議這位選手，我會建議他把三個論點簡化，而且觀點間儘量不要有重複、包孕的關係。很明顯的，這位選手三個論點的文字太冗長，尤其第三個，更是如此，一般而言，論點簡要明確，比較容易讓聽眾清楚說者的訴求，一旦冗長，反而會令聽眾感到焦點模糊，因爲這畢竟是聆聽，不是閱讀，聽眾是無法反覆品味的。

此外，這三個論點中「不盲從」和「不概括承受」之間，似乎有某種包孕的關係，換言之，正因爲「不概括承受」的堅持，所以有「不盲從」的決定。此外，如果「理性思考、不盲從」中的兩者是因果關係，「擴展視角、不概括承受」中的兩者卻是並列關係，絕不是因果關係了。

再者，第二個論點中的「擴展視角」和第三個論點中的「拓展視野」是不是一樣呢？第三個論點中的「篤行之後，拓展視野，增加博學，而形成了一個循環」，不知何義？爲何前有一個「博學」，後面又要「增加博學」呢？

或許有人說我爲什麼要這麼嚴苛呢？爲什麼不？這不是語文競賽嗎？選手不是國文老師嗎？如果語文競賽不要求字斟句酌，國文老師用字遣詞不必要求精確，那我們對這樣的比賽還有什麼可期待的呢？

從另一個角度看，這位選手的舉證十分精采，很能扣合主題，這是值得我們喝采之處。然而，我對第一個論點「我要帶孩子理性思考、不盲從」的例證感到不安，一直推敲高中女孩美顏潮流是個「社會亂象」嗎？扭轉這股「社會亂象」需要慎思明辨的能力嗎？我們來看看這部分的內容：

……經過這些學習之後，學生要爲自己辦一場時尚伸展臺，去年正流行紅唇妝，班上幾個女孩子躍躍欲試，她們拿起口紅仔細地在對方的嘴唇上描繪。他們卻驚訝的發現，別人臉上那嬌豔欲滴的紅唇，在我臉上怎麼變成了血盆大口……。

這段敘述非常有趣，但愛美是女孩子的天性，模仿他人很正常，能算是「社會亂象」嗎？發現適合別人的，不一定適合自己，能算是「愼思明辨」嗎？我建議可以找另外的例子來佐證，或許會更有說服力。

第二個論點的課堂例子很好，讓學生發現〈項羽本紀〉和〈高祖本紀〉中劉邦形象的差異，從而培養學生「盡信書，不如無書」的態度，的確是一種「愼思明辨」能力的展現，所以與「不概括承受」的論點契合。但，這與另一個論點「擴展視角」有何關係呢？

第三個論點的課堂例子很棒，但選手的論點實在不太容易理解，所以例子的賣點比較難以被突出。此外，「我們在島嶼寫作」這門課的內容與題目最契合之處，應該是「原來小農不像是電視當中所呈現的那樣，那樣的輝煌、那樣的蓬勃，在他們看起來高薪、看起來美滿的生活理想當中，其實背後滿是辛酸。」選手說到這裡，非常符合「培養愼思明辨能力」的題旨。

最後卻話鋒一轉，「回到課堂上，孩子們將這個影片分享給全班同學，許多人才發現，他們以往覺得唸書唸不好，可以投身小農，只是個空想，因爲追尋夢想，需要堅持的毅力。」奇怪！結論怎麼突然轉變成「築夢踏實」的勵志小語了呢？！

7. 愛的力量——社會組

這是一〇五學年度全國語文競賽社會組第一名抽到的題目，由於主辦單位賽後已經整理、出版了演說內容全文，大家可以去參閱相關資料。所以，我就拿它當例子，談談如果遇到抽象的口號題，選手該怎麼在定式的思維、傳統的詮釋中，注入新的生命力，以獲得聽衆的喝采。

事實上，比賽時選手常遇到抽象性的題目，一開始，很容易不知道該說些什麼，其實，選手如果能掌握題旨，抽象的題目反而有較大的發揮空間。相對的，有時太過具體的題目則可能因爲過分聚焦，說起來就不容易順暢，或者是只能隔靴搔癢，很難喚起聽衆的共鳴。

然而，抽象的題目儘管可發揮的空間大，選手還是得先確定題旨，否則亂發揮可不是什麼好事，這時不妨參考一下我建議的三個審題點。我認爲，「愛的力量」這個題目的「立足點」是社會組的選手自己；「切入點」則是「愛」，什麼類型的愛呢？選手事先要想好；「發揮點」便是「力量」一旦選手決定好「切入點」的愛的類型，選手就要花大力氣的事告訴聽衆，這份愛的力量到底是什麼呢？當然，「愛」和「力量」之間，可不是毫無關係的兩造。

透過上述的題旨分析，很明顯的，出題老師想要選手以社會人士的角度，告訴我們在××愛的條件下，它所能展現的力量是什麼。

確定題旨之後，選手接下來要做的是舉實例說明，以寫作的技巧來說，就是所謂的「虛題實說」。但是在選手舉實例之前，必須要考慮清楚幾個問題：一是時間夠不夠？我能舉幾個例子？社會組是五至六分鐘，其實選手能舉的例子十分有限；二是「切入點」，什麼樣的「愛」是演說範圍，「發揮點」的「××愛的力量」才是演說的重點和核心；三是我要給評判老師多大負荷量的內容？如果太少很敷衍，太多的話就不夠體貼，千萬不要努力了半天，評判老師卻沒有深刻印象，那就糟了。

這位冠軍選手有個不錯的開頭，其內容如下：

二〇一六年眞是紛紛擾擾、熱鬧的一年，里約奧運各國好手，爭的是那一面面閃閃發亮的金牌；諾貝爾得獎名單公布，各領域的佼佼者，爭的是那流芳百世的榮耀……。咱們臺灣也不平靜，從年金改革、一例一休、同志婚姻、到日本輻射食品，每天吵個不停。在這一波熱熱鬧鬧、紛紛擾擾的洪流之中，唯有愛的力量，像一股清流，能夠緩緩流過，洗滌這人世間的繁華。

從人世間的紛紛擾擾反證愛的力量的可貴，絕對是個不錯的起手式。然而，這裡所指的「愛的力量」像清流，還有洗滌人世間繁華的功能，演說的內容就已經定向了，或者說是被框住了，此後的內容必須鎖定在如何運用「愛的力量」來洗塵除弊了。

從大的結構來看，這位選手提出了「反省的愛」、「親人之愛」、「關懷的愛」三種類型的愛，姑且不論這三種愛的類型立論是否一致（很明顯的，「反省」、「關懷」是同一個範疇，「親人」卻不是），短短的五至六分鐘既要提出愛的類型，又要講愛的力量爲何，演說時間、聽衆接受度如何，令人十分擔心。

很遺憾的，我發現「反省的愛」的部分比較完整，相對的「親人之愛」和「關懷的愛」兩個部分（尤其後者），不僅陳述急促，而且事件內容相對簡略，應該是時間的壓力所致。

此外，這位選手能否在提出愛的類型後，再重點的指出「愛的力量」是什麼，則是評判特別關心的。我們來看看「親人之愛」這個部分的內容：

接下來我要分享的是親人之愛。體操場上，二十歲就已經是老將了，今年四十一歲的烏茲別克選手丘索維提娜，這是他今年第七度參加今年的里約奧運。是什麼樣的原因讓他從一九九二年來就不斷的參賽呢？答案是他對兒子的愛。因爲他兒子得了白血病，爲了要治療兒子的白血病，他不敢生病、不敢休息、不敢停歇、不敢鬆懈，他只有不停的比賽，唯有不停的參賽，才能夠幫兒子爭取更多的醫療費用。在一群小女生中，當丘索維提娜完美的挑戰難度係數高達七．〇的普度諾娃跳，他告訴大家，兒子沒好，我不敢老，這種就是愛的力量。

從這段中可以看出，選手已經把愛的類型，以及這種類型下的「愛的力量」，透過最近發生的實例和盤托出，特別具有說服力，相較於「反省的愛」、「關懷的愛」兩個部分的實例，顯然勝出很多。因爲「反省的愛」部分的內容如下：

首先我要說的是一個反省的愛，二〇一六年我要跟大家分享這一部二〇〇九年所發生的電影—不能沒有你。劇中描述一位單親父親，因爲他爲了要幫兒子女兒報户口，才發現早已不知去向的同居人，早已經有了婚姻關係。這位爸爸，在面對這社會無助的時候，選擇了轟動一時，用跳天橋的方式，來呈現他內心的不平。這部電影一播出，很多人對户政機關有很多微詞，户政機關的同仁也覺得，我們很無助，因爲我們只是依法行政。而當時的我，就是一個户政人員，而且還是一位得過獎的績優户政人員，這部電影帶給我很大的省思……我們在依法行政的同時，能不能對民眾多一點點愛，多一點點關懷……

這裡的內容頗爲曲折，「反省的愛」應該不是指電影中的爸爸，而是做爲戶政人員的選手自己，造成反省的觸媒卻是看了電影的情節，演說的內容應該儘量避免太曲折、迂迴性的敘述，否則聽衆很容易被繞迷糊，甚至偏移了選手所要表達的重點，那就不妙了。至於「愛的力量」何在，似乎交代不清楚，所以我認爲比不上「親人之愛」的例子，更何況此處的父愛和「親人之愛」的母愛，很容易讓人覺得是一回事，這恐怕不是選手想要的結果吧！

8. 身心安頓與激發勇氣——社會組

這是一〇四學年度全國語文競賽社會組第一名抽到的題目，由於主辦單位賽後已經整理、出版了演說內容全文，大家可以參閱相關資料。所以，我就拿它當例子，談談演說選手該如何理解特殊結構的題型、深化思考的處理方式，以及如何鋪陳自己觀點的可用建議。

國語演說比賽時，選手永遠不知道將抽到什麼題目，這就是比賽之所以刺激的地方，也是能夠簡別出選手高下的捷徑。然而，有人抽到容易發揮的題目，有人卻抽到難以處理的題目，這是運氣好壞的差別，怎麼能說是簡別選手能力的捷徑呢？

沒錯！的確如此，正因爲是抽題，機會是公平的，抽到難易的題目雖然是運氣，可是，先別說容易的題目也得苦心經營，否則將大意失荊州，但如能在困難的題目下還超常發揮，逆轉得勝，不是更值得讚賞嗎？

正如我們在學習時總有比較拿手的科目，當然也有比較弱的科目，爲了成績的均衡發展，當我們驕傲於不太費力就得到好成績的科目時，私底下，反而更要對不擅長的科目加把勁，否則難逃尷尬的一刻。因此，演說的選手總得挑戰自己不熟的主題、嘗試特殊的題目類型，甚至主動挖掘未曾接觸的領域。我認爲，這不僅是爲了即席演講而準備，也是夯實演說內容和技巧的不二法門。

我曾經針對歷年演說題目做過分析，大概區分爲「眞理性的題目」、「半開放性的題目」和「雙理念性的題目」三種類型。

「眞理性的題目」很簡單，選手只要把其中蘊含的眞理說清楚，再舉實例印證就好，譬如「合作學習」、「多元學習」、「危機就是轉機」、「發揮公德心」、「見賢思齊」、「天地有大美」等等；「半開放性的題目」則是指出演講的主題或方向，至於選手要在這個主題或方向中聚焦哪個點，便是由選手自訂，所以稱之爲「半開放」，譬如「假如我可以飛」、「十字路口」、「我的家鄉」、「分享」、「談尊重」、「談守時」等等。

第三種是「雙理念性的題目」，這種題目比較複雜，處理起來比較辛苦，必須仔細辯證一下，才能掌握出題老師要的是什麼，譬如「耕耘與收穫」、「紅花與綠葉」、「珍惜與感恩」、「學習中的苦與樂」、「堅持與放棄」、「自私與分享」、「嚮往與實踐」、「工作與責任」、「競爭與互助」等等。

「雙理念性的題目」中兩個理念的邏輯關係，選手在審題前要先搞清楚，因爲這就是評判老師想聽到的內容。譬如有的是因果的，比如「耕耘與收穫」；有的是主從的，像是「紅花與綠葉」；有的是取捨的，「堅持與放棄」、「自私與分享」就是；有的是對比、對立的，例如「珍惜與感恩」、「競爭與互助」、「學習中的苦與樂」；有的是夢想與行動、現象與主體，比如「嚮往與實踐」、「工作與責任」等，就是這種關係。

選手分析兩個理念之間的關係後，就算完成準備工作了嗎？當然不是！事實上，作文也有「雙理念性的題目」，通常的寫法是先分別處理兩個理念再合論，演說可以這樣嗎？我認爲絕不可行。

這不僅僅是因爲社會組演說時間只有五至六分鐘，非常急促，這種做法不易突顯訴求，反而累贅。更重要的是聽眾不像讀者能再讀一遍文章，短暫時間內的分合論述，除非受過訓練的聆聽者，一般人很難吸收消化，這種不體貼聽眾的作法，是非常危險的。但，抽到這題的選手是這麼說的：

而在這巨大的時代洪流中，我們該如何保有自己並且去面對挑戰呢？我想我們既要學會身心安頓與激發勇氣。在現代社會中，人手一支智慧型手機，每個人都隱身在手機螢幕後，我們的情緒都被文字加以修飾，我們的語言都失去了彼此的交流與溝通，這時讓我們走出這虛擬幻境，步入那綠色的環境吧！有一項調查顯示，如果我們每天花九十分鐘去樹林散步，就能有效改善我們的負面情緒，而在這個複雜的社會中，我們也應該學會調適壓力和情緒管理，並且時時和自己獨處，學會和自己獨處，心靈才能得到淨化。

從這段演說詞中不難發現，雖然選手一開始提出「要學會身心安頓與激發勇氣」，接下來講的卻完全集中在「身心安頓」之上。甚至嚴格來說，上述內容其實並不能算是「身心安頓」，我認爲反而更接近「調劑身心」吧！下一段是：

在這個繁複充滿誘惑的社會，我們不必去羨慕別人，也不需要輕賤自己……讓我們的身心隨時安頓好我們自己，時時保有正能量。而在面對困境時，我們就應該拿出我們的勇氣，勇敢面對，在我們的人生中，沒有人可以左右我們的人生……在現代社會隨著網路發達，我們每個人更常受到各種審視和批評以及輿論的壓力，我們所需要承受的期待與壓力變得更多，這個時候請不要感到害怕，拿出自己的勇氣，堅定自己的選擇，走出自己人生的道路。

這段的前一部分還是「身心安頓」，後一部分則似乎往「激發勇氣」去談，可惜的是文中一直強調要「拿出勇氣」，似乎又和講題的「激發勇氣」不太一致，至於拿出什麼「勇氣」，也沒講清楚。此外，我們幾乎完全可以確認，這時題目中的「身心安頓」和「激發勇氣」兩個理念，還是沒有交集。

我認為，這位選手雖然很有自己的見解，但他至少犯了三個常見的錯誤：一是沒告訴聽眾「身心安頓」和「激發勇氣」之間的關係，演說內容中似乎當作是沒啥關聯的兩造；二是將「身心安頓」和「激發勇氣」分別討論，後來甚至沒有明確的合論；三是幾乎沒有具體的事例來支持看法，卻花了很多篇幅呼籲自白，說服力不高。

如果我是這位選手的教練，我會建議他把「身心安頓」和「激發勇氣」之間的關係先搞清楚，比如「因果關係」、「順序關係」、「發展關係」、「體用關係」之類的，然後再以一個事例把這兩者結合起來。

譬如，我會建議不妨以前幾年梅克爾接受難民為例，在國際各種質疑之聲，以及國內民眾責難之際，她卻說：「信仰，讓選擇變得簡單。」毅然捍衛自己接受難民的主張，這不就是「身心安頓」再「激發勇氣」的好事例嗎？

事實上，現代社會裡有太多這樣的實例，我認為古今中外的宗教家、慈善家、政治家、社會運動家等，如果沒有這兩個條件，根本不足以稱其為「家」，選手或許可以嘗試從這個角度切入，才不至於空談理念而已。

9.讓老年人成為社會資產

——社會組

這是一〇三學年度全國語文競賽社會組第一名抽到的題目，由於主辦單位賽後已經整理、出版了演說內容全文，大家可以參閱相關資料。所以，我就拿它當例子，談談鋪陳演說內容的一些問題。

依照我的審題和鋪陳原則，「讓老年人成爲社會資產」這個題目可以朝Why、How和What去思考，分別是「爲什麼要讓老年人成爲社會資產」、「如何讓老年人成爲社會資產」、「讓老年人成爲什麼社會資產」三個思考路徑。這位選手選擇了第二種—「如何讓老年人成爲社會資產」。

綜觀這位選手的演說內容，我大概歸納幾點他能掄揆的要素：首先，他的主張非常明確，「鼓勵分享」、「友善環境」和「鼓勵圓夢」三個觀念淺顯易懂，也是從老年人的角度出發，倍感溫馨。其次，來自選手的親身經驗，特別具有說服力，不管是單位的前輩，或是年邁的父親和母親，誰無單位裡的前輩？誰無年邁的父母？所以會讓聽衆很有共鳴。

再者，就是選手的特殊背景。由於選手是土木工程背景的公務人員，所以舉的例子和思考問題的角度，和臺下的評判老師非常不同，這絕對是吸引他們關注的重要因素。

然而，如果我是他的教練，或許可以針對他的演說內容再給些建議，才能好上加好。首先，我們先思考一下「社會資產」是指什麼？它是從什麼角度去定義的呢？事實上，「社會資產」是個專有名詞，有其學術上的定義，當然，選手在演說場上不必做學術的研究，卻得先界定這個名詞的意義和範圍。

我認爲「社會資產」可分爲有形和無形的，但在客觀上都可以判斷其具體的貢獻，老年人的「社會資產」也可分爲有形和無形的，卻依然要有客觀的具體貢獻做依據，否則難以讓聽衆信服。

如果按照這個原則，選手在「鼓勵分享」這個建議上所舉的例子，就符合上述的定義。這段演說的內容是：

我是一位土木工程公務人員，我們常常進行工程查核的時候，最喜歡聘請的，就是那些退休的職員，因爲他們非常的有經驗，常常知道工程哪裡需要改進，所以我們請他過來。他好像名偵探柯南一樣，看到模板拆開來之後，粒料的情況，說是不是配比不對，還是澆置不當，改進！果然很多工程在他查核之後，有很好的成績，有一標工程，甚至還獲得了公共工程委員會頒發的金質獎。

再聘用的老職員分享大半生的經驗，協助工務單位完成具體的查核工作，甚至還榮獲公共工程委員會頒發的金質獎。從社會的角度來看，我們可以說退休老職員無形的經驗和智慧資產，成就了工程品質和獲獎的具體貢獻，這就是無形「社會資產」的完美呈現。

很可惜接下來的「友善環境」雖然是社會行動，但選手所舉的老年眼鏡例子，談的卻是父親的小心，和選手自己不夠體貼的自省，「社會資產」何在？雖然有提及日本的養生村、臺灣的銀髮村，卻沒有鋪展開來，非常可惜。選手的說法是：

原來，我很少去聽聽我父親的需求，從這點來看，我就認爲，如果我們能夠營造一個友善環境，像日本有養生村，臺灣也有銀髮村，只要我們營造一個友善的環境，相信他們的資產，是我們社會共有的資產。

何不直接講養生村、銀髮村是何做法？如此一來，反而更接近從社會的立場談問題。但是，「相信他們的資產，是我們社會共有的資產」不知何義？如果是從老年人的角度談「社會資產」，已經離題，更何況若從「社會福利」措施切入，涉及長照問題的話，就絕對是與「社會資產」完全不同的立場和範疇了。

再者，選手在「鼓勵圓夢」上舉自己的母親爲例，我想，當時評判們一定很驚訝，非常佩服老母親攻讀大學英語系的勇氣，甚至對他能在博物館面對外國人侃侃而談，嘖嘖稱奇吧！憑良心講，我也是非常感動，想不到老年人竟然可以勵志到這種程度！

然而，選手這種敘述方式突顯的是老年人的自我實現，卻沒有在「社會資產」上下功夫。這個部分的演說內容是：

我的母親，在小時候最遺憾的，就是沒能夠接受正式的教育，後來他在退休了之後，她認爲，她一定要去讀一張文憑，於是她就自己報考，我們都不曉得。她考上了才告訴我們，她就讀了大學應用英語系，最後她順利畢業了，她是當年唯一一位，頭髮發白的畢業生。最後她拿到文憑之後，再去考全民英檢，現在在某一個博物館，擔任英文的導覽志工。我看到她，非常的開心，有一次，我就在博物館的門口，偷偷地看她，怎麼和外國人說話呢，我看到她，非常的口若懸河，口齒清晰，而那個外國人，點頭稱是，到最後，還跟她交起了筆友……

看了這段內容後，我的建議是，選手何不從「社會資產」的角度評論自己的母親呢？我卻只看到身為人子的驕傲。從接受正式教育到成為博物館英文導覽志工，再與外國人成為筆友的「國民外交」，選手肯定自己母親的努力之餘，如果再從「社會資產」的角度申述母親帶給社會什麼貢獻，或許會更符合題旨，否則又變成一則勵志小故事，沒辦法突顯它的意義了。

正如老年化的問題常出現在社會組的題目中，少子化的問題也是教師組的常客，目前這些都還沒有確切的解決方案，所以演說選手有很大的想像空間。然而，「讓老年人成為社會資產」卻不是消極的長照觀念，而是一種積極的反轉思維，打破一般認為年輕活力才是社會中堅、才有創造力的傳統觀念。既然如此，選手在思考這類問題時，就不能再落入僵化的框架之中了。

10. 不設限的人生——高中組

這是一〇四學年度全國語文競賽高中學生組第一名抽到的題目，由於主辦單位賽後已經整理、出版了演說內容全文，大家可以參閱相關資料。所以，我就拿它當例子，聊聊審題時要注意什麼、怎麼樣製造演說內容的賣點，以及如何處理事例以更好的搭配觀點的陳述。

常常有人問，如果抽到個全新的題目該怎麼辦？我的回答是：「很正常啊！」，驚慌失措的姑且不論，如果選手這時仍感覺意料之內，想當然耳，要不是可能早知道題目是什麼，就一定是身經百戰、無所畏懼，或者是練過很多題目後，善於做連結性的思考吧！這是爲什麼呢？

一位自信的演說選手，當然不屑事先知道題目，也不可能練遍所有的題目，他最大的本事就是善於運用現有的資源，將所抽到的問題做最好的處理。當然，這種連結的能力不是天生的，必須透過一次次的練習才能掌握。

按照我的三個審題點分析法，「立足點」是身爲高中生的選手，「切入點」就比較靈活，它可以是「不設限」，也可以是「人生」。如果「切入點」是「不設限」，「發揮點」就是「人生」，這個題目的講法便是在「不設限」的狀況之下，有什麼樣的「人生」，演說的重點就在說明什麼樣的「人生」。

相反的，如果「切入點」是「人生」，「發揮點」就是「不設限」，這個題目的講法便是在「人生」的規劃和經營時，我們可以怎麼樣的「不設限」，這時的重點就轉到「不設限」的做法之上了。

顯而易見的，這位選手選擇的是第二種，也就是將「切入點」設定爲「人生」，「發揮點」就是「不設限」。換言之，在「人生」的規劃和經營下，我們可以怎麼樣的「不設限」。

如果問我哪種講法比較好？其實都一樣，只是兩個不同的偏重點，沒有誰好誰壞的問題。但，因爲這是一場有時限的競賽，選手是高中學生，所以選擇哪種講法就有適合不適合的考量了。

我認爲，高中生選擇談「人生」的類型、內涵有些吃力，畢竟年紀還小，人生的歷練和體會不多，即使勉強說，也只能是皮毛而已，所以把重點放在「不設限」，無疑就是個更聰明的選擇。

然而，如果選手選擇的「發揮點」是「不設限」，「切入點」的「人生」就千萬不能忽略，而且應在一開始就界定好什麼樣的「人生」，否則談如何「不設限」時容易偏移重心，甚至完全離題，使臺下的評判老師不明所以。

很明顯的，這位選手提出的論點是三種「不設限」的方向，分別是「挑戰不設限」、「愛不設限」、「視野不設限」。接下來，選手的每一個方向，都有一個事例搭配，「挑戰不設限」、「視野不設限」是自己的經驗，「愛不設限」則是以巴黎共和國廣場的穆斯林爲例。

平心而論，這位選手的三個論述方向都非常響亮，幾乎是令人無法拒絕的口號，所以我想評判老師當下一定非常贊同，獲得第一名的比賽結果，完全在預料之內。但是，如果是我來建議這位選手的話，好上加好，「愛不設限」這個方向不妨捨棄掉，因爲它與「挑戰不設限」、

「視野不設限」兩者格格不入，似乎不在同一個立論點上。選手把這個方向省下來，就可以更明確的說明「挑戰不設限」、「視野不設限」下的「人生」是什麼，因爲只有五至六分鐘的時間，我認爲實在沒有必要非堅持三個論點不可。

爲什麼我這樣建議呢？不妨比較一下「視野不設限」和「愛不設限」的內容就一目了然。這位選手的「視野不設限」內容如下：

再者是視野不設限，身爲一個高中生，我們的視野只能有考卷、課本和自修嗎？我認爲不是的。與別人不同的是，我的手機裡沒有半個遊戲程式，裡頭多的是CNN、BBC、半島電視臺、商業彭博等等國際媒體，收集最新最精確的國際時事是我的例行公事，也是我的興趣，我深深明白，臺灣這個島要走出去，我們需要龐大的國際觀，對世界的了解，如果我們不在意世界的眼光，世界就會遺忘我們，擁有國際觀，我的視野不設限。

我覺得上面這段演說的內容很棒！從生活中談怎麼做到「視野不設

限」，讓人感到明確又具體，非常有說服力，不過如果再帶一點對什麼樣「人生」的期許（比如「精彩人生」），或許會更符合題旨，「挑戰不設限」也是類似的情況。

相形之下，顯然「愛不設限」的內容就有另起爐灶的傾向，似乎和其他兩者不同，其演說的內容如下：

前一陣子，震懾人心的法國巴黎恐攻是件令人印象深刻，有一則新聞更是令我莫名感動。一位穆斯林矇著眼，站在共和廣場上，前頭他掛著一個牌子，牌子上寫了：我是一個穆斯林，不是恐怖分子，如果你相信我，請給我一個擁抱。當時有許多人經過，我看到了有些人滿臉狐疑，有的人心生厭懼，然而就當有人鼓起勇氣擁抱他的時候，滿廣場的的人都與之潸然淚下。是的，因爲不分你我，傷著你的傷，痛著你的痛，愛不設限。

這裡的例子用得不錯，但「限」在哪裡？不設限後的愛又意味著什麼？「挑戰不設限」、「視野不設限」是以選手的生活經驗舉證，這裡則是引法國的時事論述，和演說者自己的生活經驗有點脫節，那麼，這是一個什麼樣的「人生」呢？至少我們可以肯定不是選手的，那演說的過程是不是該轉化一下呢？如果把場景放在臺灣，而且關愛的對象是不是也跟著改變一下比較好？畢竟恐怖分子的問題在臺灣並不是熱門議題，和高中生的生活體會也有距離，而且臺灣也有許多高中生可以關愛的議題、對象，不是嗎？

11.知識的價值——高中組

這是一〇七學年度全國賽高中組的題目，嚴肅一點說，可以算是哲學範疇中的恆久命題，而且是「知識論」中的大哉問，如今變成高中生的演說競賽題目，的確有點嚇人。當時我坐在臺下擔任評判，看到題目，有一小段時間也被震撼了，所以我想選手抽到這題時應該是傻眼了吧！

然而，姑且不論課外的讀物，僅從國小到高中的國語文教科書中，以知識提升自我、福國利民、創造文明的文章比比皆是，可以拿來賽場舉證的很多，既然如此，其實也沒那麼恐怖，就看選手採取什麼樣的立場去談罷了。

平心而論，在學者們的手中，這是可以窮盡一生去探究的嚴肅課題；對高中學生而言，未嘗不可以視為求知過程中的不斷總結，以及自我省思。應該強調的是，臺下的評判老師斷然不會拿哲學的高度、研究的標準去檢視選手的內容，這是完全可以確定的事。

但是，教練應該擔心選手可能會將內容虛化了，也就是以經典口號、名言佳句和不知所云的廢話空談，勉強的模仿學者專家講些連自己都不懂的話，這種做法看似聰明，其實蠢不可及，完全忘了自己究竟是誰。

因此，不妨依照我的三個審題點：「立足點」是高中生選手自己，「切入點」便是「知識」，「發揮點」則是「價值」。為了更貼近高中生的學習經驗，「切入點」不妨聚焦於學科知識，比較能與學生的學習經驗相結合，「發揮點」所延伸的知識價值，也比較有著力點。很明顯的，這種審題、立意和鋪陳的思考方式，絕對不會落入虛化、空談的泥潭之中。

但，什麼是「價值」？恐怕選手在發揮之前要想清楚。其實「價值」之前都會加個限制成分，比如「人生價值」、「道德價值」、「經濟價值」、「文化價值」、「工作價值」、「核心價值」……。那麼，誰來認定某個事務有沒有價值呢？是個人，也可能是群體或社會。

在演說比賽時，我希望選手講出自己體會的「知識價值」，或許包含個人、群體或社會的，卻是由自己省察而得的。

那麼，我們要怎麼發揮呢？我建議朝「是什麼」，也就是What去談，或許帶一些「爲什麼」，也就是用Why來強化自己所認爲的What，簡單地說，我告訴您某種知識的價值是什麼，而且連帶解釋爲什麼有這個價值。

如果題目是「知識有價值」、「有價值的知識」或「知識如何有價值」，我就會建議朝「是什麼」（What）、「爲什麼」（Why），甚至是「怎麼做」（How）上發揮，完全視題意而調整發揮的方向。

很可惜，當時抽到這個題目的選手似乎有些慌張，開始就講從隋唐科舉以來，「萬般皆下品、唯有讀書高」……。我聽了皺皺眉頭，怎麼「知識的價值」卻變成「學習的價值」了？不太對吧！還好後來他又努力連回「知識的價值」了，當下，我爲他驚出了一身冷汗。

然而，聽了接下來的內容，我可以確定這位選手已經離題，因爲他完全沒提「知識的價值是什麼、爲什麼」，甚至沒朝「知識要怎麼運用才會有價值」去談，而是「知識告訴我們要怎麼去做」。因此，這位選手的三個論點是「尊重多元」、「領導他人」、「保護環境」。

這時或許有人想抬槓：「知識告訴我們怎麼做，不就是一種價值嗎？」或許吧！但堅持這種看法的人，談的應該不是重在做什麼或什麼原則，而是彰顯在做決定和行動前，知識給了什麼指導或啓示吧？！難道這也是價值嗎？

更明確一點說，像這位選手採用How「怎麼做」的方式立論，或許得把題目改爲「如何實現知識的價值」、「知識價值如何展現」……。但是，題目既然是「知識的價值」，選手至少應該界定什麼樣的「知識」，由之產生的「價值」是什麼，接下來，才進一步討論做法、啓示之類的範疇，可是選手只有五至六分鐘的時間，根本不可能做這麼多的處理。

然而，這位選手在「尊重多元」的論點下，大談同性戀的議題，並以美國金恩博士和歐巴馬總統爲例，增加力度。接下來在「領導他人」的觀點中舉鴻海郭臺銘先生佐證，至於「環境保護」的論點中，則強調了綠蠵龜保育的問題……。這一連串的論述下來，究竟「知識」在哪裡？衍生出來的「價值」呢？選手都沒有說明，很明顯的，選手努力傳達的只是行動而已，文不對題，非常可惜。

我常在賽場上發現，選手很喜歡從「怎麼做」立論，或許因爲明確可操作，講起來比較有自信吧！然而，並非所有題目都適合在「怎麼做」上發揮，所以我在「審題」後曾說，因應題目而採用What、Why或How等思考路徑，才沒有離題的危險，這位選手顯然沒有意識到這個問題。如果比賽的形式是選手自由命題還可以，既然主辦單位已經出了題，題目本身就是核心，選手抽中什麼題都得認命，不能隨心所欲了。

比賽的緊張氣氛下，平常的實力難免打折，表現在審題和運用素材上，尤其明顯，審題不精確的缺失我們已經分析過，另一個就是素材的運用。選手在準備時，總是對某類主題或例子比較熟，遇到不熟的題目，手忙腳亂之餘，常常會胡亂拼湊，再試圖以硬掰過關。難道臺下的評判都聽不出來嗎？這是自欺欺人的想法，還不如賽前充分準備才是正理。

問題是怎麼準備才算充分呢？長久下來，選手一定會累積出自己最熟悉的言、事例，還有慣用的論點、口號，這對即席演講來說很重要，選手因而產生很大信心。如果選手善於連結，許多相近的論點、例子完全可以通用，但千萬不能瞎拼硬湊，好像在賭評判會不會聽不出來似的。

12. 我對社會亂象的觀察與省思——高中組

這是一〇七學年度全國賽高中組的題目，由於我當時就坐在現場評判，便順手記錄了自己的看法，所以大家沒有任何書面資料可參看，且聽我細細道來。

平心而論，以往「我對社會亂象的觀察與省思」的題目比較常出現在社會組，原因是高中組的選手生活經驗相對狹窄，未必關心社會事務，而且社會性的思維還未發展成熟，所以出題者比較不敢嘗試。

但我認爲未必，學生不關心時事不代表他無法關心，而且社會性的思維本該是學校教育的一環，《十二年國教課綱》的「核心素養」中已有強調。更重要的是，參加比賽的演說選手根本沒有挑題的權力，臨機應變本是參賽者的基本挑戰，所以對這樣的題目無須太過苛責。

依照我先前設定的三點審題法：「立足點」是高中選手自己，「切入點」是社會亂象，「發揮點」則是觀察與省思。

在這個題目裡面，「立足點」十分重要，千萬不要以行政官員或是社會人士的立場發言，甚至提出官方的解決之道，因為這些內容如果出自於一位高中學生之口，就會顯得非常的荒唐可笑。

或許有人說怎麼可能？！這絕對可能。我曾聽過一位國中生講有關環保的題目時，就像環保局長一樣，煞有介事地列出十幾條未來應採取的環保行動。只記得當時那位選手講完，我還呆呆地望著他，一下子很難接受剛剛聽到的話竟是出自國中生之口，看來他沒自覺鬧了笑話，而是我鬧了！

「切入點」也很重要，選手得界定啥是「社會亂象」，而且要選擇一個「社會亂象」來談論，否則很難繼續發揮。這時或許有人會問：「能不能多找幾個亂象來談？」我很不建議，因為演說時間太短根本講不清楚，卻容易給評判雜亂不集中的感覺，得不償失。

什麼是「社會亂象」呢？比如沒有公德心，看到火車上Hello Kitty

的枕巾可愛就順手牽羊；不良廠家放出風聲衛生紙漲價，造成大家瘋狂搶購；大衆交通工具的博愛座立意良善，卻變成正義魔人的舞臺，造成一般乘客不敢輕易嘗試的禁地……。「社會亂象」是一種社會現象，歷歷在目，但關鍵是「亂」，而且是對照正常的現象來說的。

回想當時抽到這個題目的選手很機警，所以一開始就歷數知名高中女學生跳樓自殺，奈及利亞女學生慘遭殺害……。這些例子符合選手身爲高中女學生的關心對象，我聽到這裡，彷彿覺得他是想針對「性別」的議題發揮下去，所以在臺下點點頭表示讚許。

但是，事與願違，這位選手接下來突然說起「九合一選舉」，強調「國民」與「公民」的差異，搭配論點的則是「學生自殺」、「假新聞充斥」和「公投選舉亂象」等等。姑且不論整場的前後呼應和舉例龐雜的問題，「假新聞充斥」和「公投選舉亂象」是社會亂象沒錯，但每九天有一位學生自殺是社會亂象嗎？

不！是社會問題，而且是可怕的社會問題。就像這位選手開頭講的高中女生跳樓和奈國女學生被殺都是社會問題，還沒有亂不亂的顧慮，尚未有價值判斷，背後的升學至上或性別歧視才是社會亂象吧！

此外，題目是「對社會亂象的觀察與省思」，從「發揮點」來看，選手必須要處理「是什麼」和「爲什麼」，也就是What和Why兩個問題。因爲What是「觀察」所得，Why則是自己的「省思」，而且很明顯地，兩者缺一不可，只有「觀察」所得，沒有自己的「省思」不行，有自己的「省思」卻讓「觀察」缺席，更是荒唐。

很遺憾的是，這位選手的講法卻是「怎麼做」，也就是How的建議，所以他的三個論點是「肯定自我」、「獨立思考」、「公民素養」。「肯定自我」是以「學生自殺」爲例，「獨立思考」便以「假新聞充斥」爲例，「公民素養」則以「公投選舉亂象」爲例。

這位選手努力講面對「社會亂象」我們該怎麼因應，但，題目要的「觀察」所得呢？輕輕帶過。題目的重頭戲自己的「省思」呢？索性就拿「怎麼做」替代吧！

這可行不通！由於這麼輕輕帶過，還有拿別的說法代替，導致我在臺下聽完全部內容後，還是沒搞懂社會裡的「假新聞充斥」有哪些？引發了什麼亂局？選手對這種現象有何省思？

更糟糕的是拿「公投亂象」爲例，這位選手想標舉「公民素養」的重要性，可是直到結束，我還是沒聽到選手如何界定他所謂的「公民素養」是什麼？在公投過程中發生了什麼亂象？他對這些亂象有了什麼獨特的省思？整場下來，評判該聽到的聽不到，只見選手忙著套某種演說的路數，坐在臺下的我真是替他著急。

據我猜想，這位選手會有這樣的表現，可能是對題目的誤解，或是對演說套路的過分依賴。簡單地說，他可能一見到題目中「我對社會亂象」幾個字，就忙著擠出自己知道的社會亂象有哪些，然後朝「該怎麼去做」思考，至於題目中明顯的「觀察」和「省思」兩個明確的要求，反而不管不顧了。

一般的演說套路可能告訴選手，要有三個論點，而且要鏗鏘有力，所以就出現「肯定自我」、「獨立思考」、「公民素養」等觀點，而且每個論點要搭配一個實例，所以有「學生自殺」、「假新聞充斥」和「公投選舉亂象」等社會現象佐證。

然而，選手已經忽視了「觀察」和「省思」兩個要求，所以觀點和取材變得很奇怪，而且在有限的時間下，他所舉的三個社會現象能講清楚嗎？類似「公民素養」這種專有名詞能論述清楚、觀察詳細嗎？當然不可能。講清楚的時間都沒有，還能「省思」嗎？實在令人懷疑。

13. 面對困境如何逆轉勝——高中組

這是一〇七學年度全國賽高中組的題目，憑良心說，這是一個典型的勵志題，學生應該不太陌生，很容易發揮的。當時我是臺下的評判委員，看了題目再瞥向正上臺的選手，他自信從容的表情似乎對題目很滿意，或許是被感染了，還是意會到了什麼，我也不覺牽動一下嘴角。

換言之，就像類似的作文題一樣，這類主題在歷史上、生活上或歷屆比賽中，有太多的例子可以拿來用，但要特別注意的是，題目中有「如何」兩字，就明示著選手必須要有表達的重點——「怎麼做」。

這時，如果用我的三點審題：「立足點」就是高中生選手，「切入點」就是某個從困難到成功的事件、經驗、見聞，「發揮點」則是邁向成功的做法。或許這時有人會說：「我從來沒有面臨困境，當然就不會有從困境到成功的做法和過程了。」喔，是這樣嗎？那的確是個大問題。

我想模仿雕塑家羅丹的話：「生活中從不缺少美，而是缺少發現美的眼睛。」在這個題目上，我想說：「生活中從不缺少困境，而是缺少反思困境的心靈。」我們的生活天天上演著酸甜苦辣，只不過事情一過、問題解決了，就迅速遺忘，難得幾個精彩片段拿來說嘴，卻沒有反思的行動，更何況「人生不如意事十之八九」，連高中學生都不例外，只是或大或小、或內在或外在、或抽象或具體不同罷了。

因此，認爲自己沒有困境、無話可說的人，或許最大的問題不在於沒有困境，而是對困境沒有自覺，更沒有反思的能力。演說就是要說出自己的所思所感、所見所聞，如果選手連自己的經歷都麻木不仁，眞的很令人憂心。

那麼，選手說沒有困境，拿別人的來充數行不行？不行！倒是可以提出自己的困境後，拿別人的來比擬。沒有自己從困境到成功的做法行不行？更不行！這是整個題目的精彩之處，怎麼可能消失不見，有時不妨參考以往成功人士的案例，爲自己吹擂，卻不能把自己隱藏起來。

很可惜的是，許多選手都犯了上面兩個不可原諒的毛病：一方面吹噓別人，一方面隱藏自己，讓整個演說內容變得不知所謂。

話說當時抽到這個題目的選手一開始以小米手機CEO為例，說明面對困境如何逆轉勝，算是不錯的舉證。接著再從小米的例子強調恆心、自信和勇氣是逆轉勝的關鍵因素，這時，坐在臺下評判席的我開始覺得不妙，心想這位選手可能要「虛題虛講」了。

什麼是「虛題虛講」？就是指抽象的題目用抽象的方式陳述，沒有具體化。「困境」是抽象的詞，「逆轉勝」是抽象的詞，如果這位選手沒法將「困境」和「逆轉勝」具體化，所謂的「恆心」、「自信」和「勇氣」勢必淪為口號，引用再多名人的例子都沒用。

這對演說選手而言是個大災難，抽象加抽象可不會變成具體，只能更抽象，所以一場聽下來，除了一大堆抽象的口號和他人的例證外，能在聽眾心裡留下來的具體印象不多，可不是件好事。

果然，這位選手後來提出三個論點：「正視自己的缺失」、「縱有疾風來，人生不言棄」、「樂觀的精神」。如果把這三點和「恆心」、「自信」和「勇氣」對應，似乎只有第二個論點和「自信」可以扣得緊，儘管一般認爲論點應該簡潔明確，盡量不要用俗諺、歇後語或文學用語，增加臺下評判聆聽困難，這位選手做法雖不可取，總算是有所關聯的吧！

一開始的三個訴求和後續的三個論點無法對應，可不是件好事，因爲老練的評判會因而判斷選手的想法前後不呼應，進而懷疑內容的嚴謹程度。

接下來，我們要思考到底是一個「困境」下的「逆轉勝」作法，還是三個「困境」下不同的三個「逆轉勝」做法呢？如果我來建議，不如講一個「困境」下的「逆轉勝」方法，原因很簡單：演說時間很短、鋪陳細節難度大、聽衆的聽覺容納量有限。

高中組的演說時間只有五至六分鐘，講一件事當然比講三件事更清楚些，完全交代細節不可能，所以只能去蕪存菁，配合論點摘錄。更重要的是，爲了體貼聽衆，不妨好好地講完一件令人感動的事，總比起要聽衆短時間內吸收三件事，還得思考和論點的關係好得多吧！

很遺憾的，這位選手的說法是三個論點下的三次經驗，所以論點間毫無關聯，經驗也是各自獨立，蜻蜓點水，印象不深刻，而且還把名人的例子放前面，後面才草草幾句自己的困境和做法，反客爲主，給人的印象更是模糊。

第一個論點是「正視自己的缺失」，這位選手先講網球明星的例子，再說自己學網球的經驗。第二個論點是「縱有疾風來，人生不言棄」，先講林懷民的雲門遇到大火摧殘，後講自己課業遇到困難。第三點是「樂觀的精神」，選手先說馬雲在清華大學的演講，才說自己的功課有問題。

這種架構的方式，評判老師比較有印象的是三個論點，以及網球明星、林懷民和馬雲，根本不太注意選手自己的困境爲何，更談不上仔細品味選手是如何逆轉勝的做法和過程了，實在非常可惜。

14. 傾聽是一門學問——高中組

這是一〇七學年度全國賽高中組的題目之一，我想選手抽到這題時應該很傻眼，而且三十分鐘的準備時間裡可能很茫然，主要的原因或許不是題目太難，而是太簡單了，不知如何下手。

在這種眞理性的題目下，選手講淺了就是一堆廢話，講深了需要很多學理來支持，但，匆促之間去哪裡找資料？所以只能平實地講，不如就從自己的經驗談起吧！

依照我的三點審題法：「立足點」是高中生選手自己，「切入點」是傾聽的活動或行為，「發揮點」是一門學問。對高中生來說，聆聽是門什麼樣的學問呢？恐怕不好回答，如果從研究的角度上說，就算研究了十幾年而且在大學開課、寫了一本教科書的我，還是不認為我掌握了聆聽的所有學問，更何況是高中生！所以就像上面說的，從自己的生活經驗談起吧！但該怎麼談呢？就需要進一步的審題立意功夫了。

如果題目是「面對困境如何逆轉勝」，演說的重點就在於「如何做」，也就是How的問題，該如何做才能在困境中逆轉勝。現在題目是「傾聽是一門學問」，演說的重點或方向可以有兩個，分別是「爲什麼」和「是什麼」，也就是Why和What的問題，「爲什麼傾聽是一門學問」和「傾聽是什麼樣的一門學問」兩個講述重點和方向。

我認爲選手選擇「爲什麼傾聽是一門學問」時，「學問」可以是虛化詞，表示很重要，選手只要列出傾聽很重要的原因即可。如果選擇「傾聽是什麼樣的一門學問」的話，選手就要交代傾聽是一門什麼樣的「學問」了，千萬不能虛化了「學問」的內容爲何。

很可惜的是，大部分選手會選擇「如何做」，也就是How的論述方向，試圖通過做法的強調，詮釋「傾聽是一門學問」這個觀念性的題目。

這種講法不對！因爲如果採用「如何做」的方向，整場演講會朝「傾聽要怎麼做才是一門學問」，這顯然與證說觀念的題旨不符，如果題目改為「如何有效傾聽」、「傾聽才會受人敬重」，「如何做」的講述方向就非常合適。

當時抽到這題的選手就是這麼說的。他的三個論點是：「積極向對方詢問」、「理性、客觀角度分析問題」、「傾聽自我，自己成為自己的傾聽者」。很明顯的，這是種「如何做」的思考方向，所以選手全場都在講應該要怎麼傾聽，「一門學問」的部分就自然消失了。

如果是我的選手，不管是採用「為什麼」和「是什麼」，也就是Why和What的思考方向前，我會先請他回想自己或他人的聆聽經驗，從某些特殊經驗中再去尋找背後的意義。譬如善於傾聽的人不插嘴、尊重且投入聽說的情境中、透過肢體語言積極回應……。

有了真實生動地傾聽經驗，不管自己的體會或觀察而來的，都是談論這個題目的資源，有了這些資源，想用「為什麼」或「是什麼」去處理，當然就不是件難事了。演說最怕無話可說，巧婦難為無米之炊，有了充沛的演說資源，再加上深度的審題立意處理，演說的內容自然值得期待。

此外，在演說比賽的時候，離題固然不應該，改題也是很忌諱的事。明明題目是「聆聽是一門學問」，結果講的時候卻把「一門學問」捨去，只談聆聽時應有的作法，雖然不能說是完全離題，卻已經改變了題目原有的訴求，全憑選手的想法言說，臺下的評判怎麼可能會同意呢？

當時，抽到這個題目的選手似乎比較侷促，既然選擇了「如何做」的講述方向，他也只能在「如何更好的聆聽」下功夫了，「一門學問」的部分自然無法顧及。

然而，他的三個論點也有問題，譬如第一個是「積極向對方詢問」，這不是「傾聽」而是「說話」吧！或許他的意思是說傾聽要積極回應，而不是被動接受，但這個論點令人容易混淆，而接下來他舉了自己班上同學與班對的互動為例，卻還是聽不出「傾聽」的做法和重要性。

第二個論點「理性、客觀角度分析問題」更令人傻眼，因為這不是「傾聽」所特有的，而是面對問題的普世態度吧！他舉了自己班上同學紛爭的例子，選手作為仲裁者，後面所談論的竟然是自己如何處理紛爭，「傾聽」呢？「傾聽」的做法呢？就這麼驟然消失，讓人傻眼。

在我聽來，第三個論點「傾聽自我，自己成為自己的傾聽者」又與前兩個論點不是同一個範疇，「傾聽自我」似乎不在聆聽的做法上著墨，而是強調心靈成長或諮商輔導的範疇了吧！所以才會有「自己成為自己的傾聽者」這種軟性的訴求。或許是自己也覺得不妥，這位選手說到這部分時屢屢吃螺絲，不自信的表現非常明顯，坐在臺下的我們只能搖頭了。

了解了這位選手的問題後，我想再集中討論兩個演說選手常犯的毛病，一是總喜歡用「如何做」（How）的談法處理所有題目，一是常常喜歡套用社會流傳的某些軟性訴求或口號作論點。

平心而論，這兩種做法本身沒有錯，錯就錯在選手習慣性地想把它們套用在所有的題目之上。爲什麼說習慣呢？因爲不假思索，馬上就套用，或是時間緊急，直接套用比較簡單，甚至有可能認爲衆口鑠金，用了就沒錯！然而，如果遇到的是位經驗老到、實事求是、思辨能力強的評判，這些看似聰明取巧的行爲，將會使獲勝的目標遙不可及。

因此，演說選手不能像程咬金一樣，靠三板斧就敢闖天下，我們面對的比賽是即席演說，永遠不知道你抽到的會是什麼題目，所以，擁有非常敏銳靈活的審題立意能力，再儲備各種因應不同要求的戲本、資源，才是眞能過關斬將、穩操勝券的保證吧！

Note

Note

國家圖書館出版品預行編目資料

演說比賽得獎不難：技巧・案例與指導／馬行誼著. ——初版. ——臺北市：五南，2019.09
面； 公分
ISBN 978-957-763-539-6（平裝）

1.演說術

811.9　　108012130

1XGX應用文系列

演說比賽得獎不難
技巧、案例與指導

作　　者— 馬行誼
發 行 人— 楊榮川
總 經 理— 楊士清
總 編 輯— 楊秀麗
副總編輯— 黃惠娟
責任編輯— 高雅婷
校　　對— 卓純如
封面設計— 姚孝慈
出 版 者— 五南圖書出版股份有限公司
地　　址：106台北市大安區和平東路二段339號4樓
電　　話：(02)2705-5066　傳　　真：(02)2706-6100
網　　址：http://www.wunan.com.tw
電子郵件：wunan@wunan.com.tw
劃撥帳號：19628053
戶　　名：五南圖書出版股份有限公司
法律顧問　林勝安律師事務所 林勝安律師
出版日期　2019年9月初版一刷
定　　價　新臺幣380元